AF237522

ZwischenWelt

Sinnlich – Übersinnlich

Gewidmet
«Moni»

Mark Mullin

Buchbeschreibung:

Es gibt viele Vorgänge zwischen Himmel und Erde, die das logische Denkvermögen der Menschen überfordern. In diesem Spannungsfeld treffen sich zwei Menschen die solchen Zeichen, ohne voneinander zu wissen, begegnen. Langsam finden und begreifen Sie, was Ihnen die Zeichen sagen wollen. Handeln entgegen allem logischen Denkens ist gefragt, bevor die Chance vorbei ist.

Dieses Buch ist ein Roman, welcher frei erfunden wurde. Mögliche Ähnlichkeiten von Personen oder Handlungen sind unbeabsichtigt und rein zufällig.

Über den Autor:

Mark Mullin wurde 1965 in der Schweiz geboren. Er wuchs als einziges Kind in einer Kleinfamilie auf. Sehr spät begann er mit dem Schreiben. Er lebt heute in einer kleinen Stadt im Osten der Schweiz.

1. Auflage, 2021

© 2021 Alle Rechte vorbehalten

Herstellung und Verlag:

BoD - Books on Demand,

Norderstedt

ISBN: 978-3-7526-8421-6

Kapitel 1

Seya dreissig Jahre alt und in Drammen auf einem Bauernhof aufgewachsen. Zusammen mit Ihrer Schwester Lina. Ihren Eltern Vater Pal und Mutter Ester. Sie betrieben einen Hof, auf dem es eine vielfältige Tierwelt gab. Angefangen bei den Kühen über Pferde zu Gänsen und Hühner inklusive einigen Hofkatzen und zwei Hunden. Sie und ihre Schwester hatten eine glückliche und sorgenfreie Kindheit. In einer Landschaft, die ihnen alles vor die Füsse legte. Warme teilweise sogar heisse Sommertage mit Sonnenschein und Winter mit viel Schnee, rasanten Schlittenfahrten und Punsch. Ihre Grosseltern, die Eltern von Pal, kamen öfters vorbei um die Kinder zu hüten oder auf dem Hof mitzuhelfen, wenn es im Sommer haufenweise Arbeit gab und nebenbei zwei kleine Mädchen zu versorgen waren. Ihre Schwester absolvierte eine Ausbildung zur Kauffrau in einer nahegelegenen Papierfabrik. Sie lernte in einem Jugendlager Ihren jetzigen Mann Lars kennen, ebenfalls ein Bauer wie Ihre Eltern. Er stammte aus dem nördlich gelegenen Tromsø.

Seya selbst studierte Informatik in Oslo und arbeitete direkt nach dem Studium bei einem grossen Konzern in der IT-Abteilung. Der Arbeitsplatz von Seya ist ausserhalb von Oslo gelegen. Genauer gesagt in Fornebu nahe neben dem Wohnort Ihrer Grosseltern. Die erste Zeit lebte

Sie bei ihnen, bis Grossmutter starb und Grossvater das Haus nicht mehr bewohnen wollte. Er zog in die Altersresidenz, die nicht weit entfernt von Seyas Anwesen ist. Immer in der Hoffnung, dass Sie bald einen Mann an Land ziehen würde wie Ihre Schwester Lina in Tromsø, und das Haus ebenfalls mit Enkelkindern gefüllt bekäme. Doch Fehlanzeige, vor lauter Strebsamkeit und Arbeit fand, Seya keine Zeit einen Ehemann zu suchen. Ehrlich gesagt traute sie sich nicht so recht. Sie war eine eher scheue Natur und es war ihr manchmal unangenehm, auf Menschen loszugehen und irgendein inhaltloses Gespräch vom Stapel zu ziehen. Beruflich gelang es ihr aufgrund Ihrer Leistung schnell in der Konzernstruktur eine Stufe um die Andere zu erklimmen. Sie brachte es bis zum Chefsessel in der Informatik Abteilung, auf dem Sie heute sitzt. Selbstbewusster in der Wahrnehmung von aussen aber innerlich immer noch zurückhaltend, reserviert und schon zögerlich. Ihre Position bringt es mit sich, dass ihre Agenda Sie zeitweise von einem Termin zum Nächsten hetzt. Entgegen Ihrem Naturell ist Sie eine gern gesehene und gebuchte Rednerin, wenn es sich um Themen der IT-Sicherheit dreht. Dies ist mitunter ein Grund für Ihre Reisetätigkeit. Daher ist Sie des Öftern im Ausland anzutreffen und viel auf Reisen.

Seya wohnt auf der Halbinsel Snarøya in einem schmucken Häuschen. Das Gebäude steht ein bisschen abseits der Zufahrtstrasse nur ein Steinwurf von dem Oslofjord weg. Zwischen Ihrem Garten und dem Fjord trennt Sie eine kleine Treppe, die zu dem Bootssteg führt, der dem Wasser entlang angelegt ist. Mit dem Haus hat Sie ebenfalls einen Bootsplatz erhalten und da jeder Norweger ein Schiff besitzt, gehört ein Anlegeplatz zu ihrem Grundstück dazu. Momentan ist ihrer an einen Verwandten vermietet, da Sie sich aus Booten nichts macht und den Platz daher entbehren kann. Die Fassade ihres Hauses ist mit der bekannten und berühmten karminroten Farbe gehalten und die Fensterrahmen sind weiss gestrichen. Drumherum ist ein Garten mit Rasen und Blumenrabatten angelegt. Die Gartenarbeit ist nicht Ihre erste Wahl bei den Lieblingsbeschäftigungen. Sie ist nicht einem grünen Daumen auf die Welt gekommen trotz Ihrer ländlichen Herkunft. Diese Arbeit überlässt Sie daher einem Bekannten, der eine Gärtnerei besitzt und Ihr das Anwesen pflegt. Zur offenen Seite des Hauses hin ist dem Rasen vorgelagert eine Holzveranda. Auf dieser lässt sich im Sommer bequem eine Gesellschaft bewirten. Sie geniesst auf der Veranda die Sonne, welche den ganzen Tag Ihr Haus bescheint. Im Sommer liebt sie es, jeweils draussen zu frühstücken und dabei der Morgensonne zu frönen. Das dreistöckige Gebäude verfügt über einen Keller mit Waschküche, Kellerabteil und einem Hobbyraum. Daneben gibt es einen Raum voller Technik mit Heizung, elektrischer Anlage und Wasserverteilung. Im Erdgeschoss ist eine offene Küche zum Essbereich hin und ein Wohnzimmer mit grosser Sitzgruppe und Fernsehen. Eine Holztreppe führt in den ersten Stock, in welchem sich ein Bad, ein geräumiges Schlafzimmer mit einem Ankleideraum befindet. Daneben liegt ein weiteres Zimmer das, als Gästezimmer genutzt wird. In einem anderen Raum auf der Etage hat sich Seya ein kleines Atelier eingerichtet. Sofern Sie Zeit findet, widmet Sie sich, nicht erfolgreich aber engagiert, dem malen von Aquarellen. Unter dem Dach liegt der Dachstock, der mit einer Auszugstreppe die in der Decke eingelassen ist, betreten werden kann. Hier bewahrt sie Ihren Weihnachtsschmuck und Ihre Winter- oder Sommergarderobe auf je nach Jahreszeit.

Das ganze Haus mit der Umgebung ist ein kleiner Traum. Das Einzige, was der dreissigjährigen Seya fehlt, ist die Familie, die dieses mit Leben erfüllen würde. Die beiden Katzen, die mit Ihr zusammen das Haus bewohnen, liegen meist nur faul herum und faulenzen. Ausser sie sind draussen und bringen Ihr jeweils voller Stolz Ihre Jagdbeute aus dem nahen Wald oder aus den umliegenden Gärten mit. Das ist dann die Herausforderung des Tages für Seya, die toten Mäuse, die auf der Veranda liegen, zu entsorgen.

Greg wurde eine Familie hineingeboren die zu den First Nation, den Ureinwohnern in Kanada zählt. Vancouver Island respektive Gabriola Island ist ein vorgelagertes Eiland im Straight of Georgia zwischen dem Festland und Vancouver Island. Ursprünglich wurde die Insel von dem Stamm der Küsten Salish bewohnt zu den die Sippe von Greg gehört. Er mit seinen dunklen Augen und der hellbraunen Hautfarbe ist die Abstammung der First Nation anzusehen, wie allen seinen Familien Mitgliedern. Seine Schwester Melia, welche etwas älter ist, hat dieselben Merkmale wie Greg. Die drei Kinder von Ihr die zwei Jungs Clark und Silas wie die kleine Maddie haben diese Besonderheiten, obwohl der Vater der Will ein weisser

Inselbewohner ist. Die Geschwister Greg und Melia sind Stolz auf Ihre Herkunft und durch ihre Eltern wurden Sie bestärkt, die Traditionen und Bräuche, Ihres Stammes hochzuhalten und nicht zu vergessen. Der Grossvater von Greg und Melia, welcher eine Art Medizinmann im bei den Salish war, legte er einen hohen Wert auf das Weitergeben der Kultur seines Stammes. Aus dieser Zeit, als er Kind war, nahm er eines bewusst mit, den Glauben daran, dass zwischen der Erde und dem Himmel Sachen vorgehen, die den Verstand des Menschen übersteigen. Das nicht Nachvollziehbare wird erst fassbar, wenn man es erkennt. Doch dann ist es meist zu spät.

Auf der kleinen Farm im nördlichen Teil der Insel aufgewachsen, war Greg einer, der immer die Nähe zur Natur gesucht hat. War er nicht in der Schule, so war entweder beim Fischen oder später auf der Jagd. Es wurde oft nötig, zusammen mit seiner Schwester auf der Farm zu helfen. Denn sein Vater verdiente das Familien Einkommen mit Holzarbeiten in den Wäldern und war oft wochenlang von zu Hause weg. Nebenbei betrieben Sie eine kleine Hühnerzucht, welche mehrheitlich die Sache der Mutter war. Si verkaufte die Eier an die Haushalte und Restaurants auf der Insel.

Ein Leben ohne Gabriola Island oder ein Gabriola Island ohne Greg wäre für beide Seiten undenkbar. Jeder kennt den hilfsbereiten und humorvollen Menschen sowie er über die meisten Bewohner der Insel weiss, wo sie hingehören. Da es in Gabriola kaum eine Möglichkeit zu einer Ausbildung gab, entschloss sich Greg, nach dem College ein

Informatikstudium in Vancouver zu absolvieren. Nachdem er das Studium erfolgreich absolviert hatte, wurde an der Universität eine Assistenz Stelle in der Fachrichtung Informatik vergeben. Greg bekam den Job und somit konnte er weitere zwei Jahre seiner Passion der EDV nachgehen. Nach seiner Zeit in Vancouver trampte er auf Reisen rund um den Globus, bis er eine Arbeitsstelle als Informatiker fand in einem grossen Softwarehaus. Mit der Zeit wurden ihm die sicherheitsrelevanten Abteilungen der Software anvertraut und heute ist er der jüngste Seniorpartner der Unternehmung. In den spezifischen Themen Sicherheit ist er ein gefragter Fachmann auf der ganzen Welt. Einen Teil seines Jobs beinhaltet die Teilnahme an Kongressen ob als Redner, Besucher oder Berater für wichtige Kunden.

Greg ist ein gross gewachsener Mann, der mit seinem Aussehen in der Menge sofort auffällt. Die Frauenwelt lag ihm zu Füssen, doch das macht ihn nervös, er bekam jeweils nasse Hände und zog sich in Anwesenheit von Frauen zurück. Ein anderer hätte diese Situation zu seinen Gunsten genutzt, um zu einigen Abenteuern zu kommen. Er verzichtete auf solche Eskapaden. Das Einzige, was ihm fehlt, ist eine eigene Familie, die Leben in sein Haus einhauchen würde. Doch leider ist, abgesehen von einigen gescheiterten Versuchen, keine Lösung in Sicht. Sein Haus liegt unmittelbar an der felsigen Küste im nördlichen Teil der Insel. Von seiner Veranda aus sieht er an einem klaren sonnigen Tag die Skyline von Vancouver und er liebt es, jeweils den Fähren zwischen der Insel und dem Festland zuzuschauen. Die Nähe zur Natur, der Jagd und sein kulturelles Erbe lehrten ihn Demut, Achtung und tiefe Dankbarkeit, dass er an diesem Ort leben kann. Sein einstöckiger Bungalow war in einem hellen Grau gestrichen und stand teilweise auf Holzpfählen und der andere Teil auf festem Boden. Neben dem Anwesen steht ein Schuppen, in dem er seine Angel und Jagdutensilien aufbewahrte. Ebenfalls darin untergebracht war eine kleine Werkstatt. Die erlaubte es ihm gewisse Reparaturen für sich selbst oder andere auszuführen. Das Haus hatte er mit der Unterstützung unzähliger Freunde aufgebaut. Das Land gehörte den First Nation und er kaufte es den Angehörigen ab. Allerdings mit der Auflage verbunden, dass das Grundstück nur von ihm bewohnt wird. Ist dies eines Tages nicht mehr der Fall, fällt es zusammen mit dem Gebäude der Organisation der Ureinwohner zu. Sein bester Freund Kewi, den er schon seit seiner frühesten Jugend kennt, hatte ihn beim Bau unterstützt. Teilweise bis tief in die Nacht waren die beiden dabei, das Haus fertig zu stellen. Das Resultat liess sich sehen. Doch all das stillte seine heimliche Sehnsucht nach einer intakten Familie nicht, wie er es erlebt hatte. Er stellte sich immer wieder vor, wie er die Frau erkennt, die mit ihm seine eigene Sippe gründen wird, wenn Sie ihm gegenüber stünde. Er hatte keine Antwort auf diese Frage.

Kapitel 2

Wie jedes Jahr fand der Multi nationale Kongress über IT-Sicherheit in der Schweiz statt. Dazu waren nur die Besten der Besten geladen und entsprechend war die Bedeutung dieses Anlasses in der Szene. Ein weiteres High light an dem Treffen war der Kongressort. Direkt am See gelegen, mitten im Herzen der Schweiz mit dem Blick auf die Alpen. Dieser Ausblick alleine, war schon die Reise wert. Geschweige dann von dem Kongresshaus selbst welches ein architektonisches Meisterstück war. Geplant als Konzerthaus besitzt es einen Orchesterraum mit einer der besten, wenn nicht der exklusivsten Akustik für klassische Konzerte. Jedes Jahr fand im Rahmenprogramm des Anlasses eine Vorführung in diesem Konzertsaal für die Teilnehmer statt.

Greg freute sich auf die Einladung an den Kongress, die er schon zum vierten Mal erhalten hatte. Das Besondere an seiner Teilnahme war, dass er diesmal vor dem Publikum als Referent sprechen durfte, zu einem von ihm ausgesuchten Thema. Manch einer hätte Lampenfieber bekommen vor einer solch hochkarätigen Gesellschaft zu referieren. Die Thematik war sein tägliches Brot und über die Bilder die an die Wand projiziert werden zu erläutern, macht ihm keine Sorgen.

Am Tag der Abreise, als er seinen Koffer gepackt hatte, zog er einen seiner Anzüge an. Er hasste die Dinger, aber der Klientel verlangte es und somit fand er sich damit ab und studierte nicht lange darüber nach. Er fuhr frühzeitig los, nachdem der sich bei Melia, den beiden Jungs und Maddie verabschiedet hatte. Auf dem Airport in Vancouver angekommen genehmigte er sich einen Drink in der Lounge, bevor er zum Gate lief und eincheckte. Vom Flug bekam er nichts mit, da er es sich angewöhnt hatte, bei langen Reisen zu schlafen. Was im meist gelang. Nach der Ankunft in der Schweiz wurde er mit einer Limousine direkt an den Kongressort gefahren. Während der Fahrt ins Hotel erinnerte er sich an den Traum, den er im Flugzeug hatte. Es handelte sich um den von seinem Grossvater beschriebenen Adler, der über einem Waldstück kreiste und etwas suchte und der Rabe, der auf einem Baum sass und kreischte, als ob er auf einen Gegenstand oder Person zeigte. Im Hotel angekommen, dämmerte es und nieselte leicht. Er liess sich am Empfang die Schlüsselkarte geben und begab sich auf das Zimmer, um sich für den Willkommensdrink und das anschliessende Dinner zu erfrischen. Das Hotel war ausschliesslich für die Kongressteilnehmer reserviert.

Seya hat für den Kongress eine Einladung erhalten. Sie wurde ebenfalls, als Rednerin geladen um vor versammeltem Publikum Ihre Ausführungen zum Besten zu geben. Dies entsprach nicht ihrem Naturell und war nicht in Ihrem Sinne. Sie ist nicht unbedingt „Rampenlicht" tauglich und bewegt sich lieber im Hintergrund. Im Hotel angekommen begab Sie sich ebenfalls auf das Zimmer und zog sich um für den Willkommensdrink im Foyer des luxuriösen Hauses. Sie zog den hellgrauen Hosenanzug an, spritzte sich einige Spritzer Parfum an den Hals und die Handgelenke und fertig war sie. Im Foyer waren schon etliche Teilnehmer versammelt und Sie bahnte sich den Weg zur Bar durch die Menschenmenge. An der Theke wartete Sie auf Ihre Bestellung und beobachtete im hinteren Teil der Bar eine Gruppe von vier oder fünf Teilnehmern, die auf Ihr alljährliches Wiedersehen anstiessen. Es war eine heitere Runde und ihr fiel der grosse Mann mit dem hellbraunen Teint und den schwarzen Haaren auf. Er hatte etwas Natürliches und Urbanes an sich, was in von dem Rest der Gruppe unterschied.

Die Teilnehmer begaben sich zum Dinner in den grossen Saal. Die heitere Herrenrunde besetzte im hinteren Teil des Raumes einen Tisch, an dem alle Platz fanden. Greg suchte sich seinen Weg zu seinen Kollegen, dabei sah er eine Frau in einem hellgrauen Hosenanzug mit einem Tischnachbarn sprechen. Sie war mit dem Kopf abgewandt, dass Sie ihn nicht sah. Er erkannte nur, dass die Frau eine Natürlichkeit und Eleganz ausstrahlte.

Das Referat von Greg, das kurz nach der Eröffnung des Kongresses stattfand, schlug ein wie eine Bombe. Die Teilnehmer applaudierten und er war während des ganzen Anlasses ein gesuchter Mann für Podiumsdiskussionen oder den Small Talk in den Pausen. Jeder wollte etwas von ihm und er war gefordert. Das Referat von Seya, das im Verlaufe des Nachmittages gehalten wurde, überzeugte durch Professionalität, Wissen und einer perfekten Präsentation. Der Applaus war Seya fast peinlich und Sie wäre liebend gerne durch die Hintertüre abgehauen. Doch Sie liess sich nichts anmerken und lief mit stoischer Gelassenheit vom Rednerpult zurück an Ihren Platz.

Nach dem Dinner am ersten Tag setzte sich Greg an die Hotelbar und bestellte ein Glas Weisswein. Er war alleine. Einige Teilnehmer waren müde und zogen sich auf ihre Zimmer zurück, die anderen gönnten sich eine mit Massage und der harte Kern erkundeten das Nachtleben des Tagungsortes. Greg bestellte, wenn er in Europa war, meistens Wein. Der Rebensaft war in Kanada, insbesondere auf Gabriola nicht der Renner. Die Weinkultur fehlte schlicht weg in weiten Teilen seines Landes. Auf seiner Insel trank man Bier oder Whisky. Er hatte kaum den ersten Schluck des Weines getrunken, liess er fast das Glas aus der Hand fallen. Eine Stimme fragte ihn, „Darf ich mich zu Ihnen setzten?" Er drehte sich um und sah die elegante Frau vor sich. „Bitte," antwortete er etwas überrascht. Sie zog einen Barhocker zu sich und bestellte ebenfalls ein Glas Wein. Die beiden kamen in ein lebhaftes Gespräch über den Kongress, die Leute und ihre gemeinsamen Interessen. Greg sprach von seiner Familie und das er von den Ureinwohnern, der First Nation abstammte. Was seine Hautfarbe und die pechschwarzen Haare erklärte. Seya erzählte von sich und Ihrer Familie von Ihrem geliebten Grossvater und Ihren Besuchen bei ihm. Beide merkten aus dem Gespräch heraus, dass sie viele Gemeinsamkeiten hatten. Eine davon war, dass sie mutmassten, zwischen Himmel und Erde gibt es etwas, das mit dem menschlichen Verstand nicht erklärbar ist. Nach einigen Gläsern Rebensaft zogen sich die beiden auf ihre Zimmer zurück. Greg schlief sofort ein, tief und fest. Seya brauchte ebenfalls nicht lange, bis Sie im Land der Träume war.

Das Programm des zweiten Tages war vollgepackt mit und Referaten das Greg keine Zeit fand, sich mit Seya zu unterhalten. Er sah sie zwei- dreimal kurz zwischen den Teilnehmern, mehr nicht. Am Abend sass er erneut an der Bar und genoss sein Glas Wein und wieder gesellte sich Seya dazu. Sie setzten das Gespräch vom Vorabend fort. Greg merkte, das Gegenüber gefiel ihm. Mit ihren gekrausten Haaren und ihrem spitzbübischen Lächeln. Den dunkel-blauen Zweiteiler, mit einer kurzen Jacke und dem Rock, verliehen Ihre eine Eleganz, die es in sich hatte. Es sah nicht billig aus, nein, es passte ideal. Da es der letzte Abend war, tauschten Sie Ihre Karten aus und versprachen sich, wenn möglich sich beim nächsten Kongress in einem Jahr wieder zu sehen. Doch beide hofften insgeheim, dass dies schon früher geschah. Zumindest Kontakt suchen mit einem Telefonat oder einer Mail.

Der dritte Kongresstag endete wie immer. Nach dem letzten Referenten und dem abschliessenden Stehlunch machten sich die Teilnehmer relativ eilig daran nach Hause zu kommen. Greg durfte ebenfalls keine Zeit verlieren, aber er wollte Seya persönlich auf Wiedersehen sagen, doch er fand Sie nicht mehr. Als Greg auf dem Airport war, trank er in der Lounge das letzte Glas Wein, bevor er einstieg. Dabei checkte er seine Mailbox und stellte fest, dass diese übervoll war. Er hatte angesichts der Masse keine Lust, mit dem beantworten zu beginnen. Er klappte den Laptop zu und verstaute ihn in der Tasche. Seya hielt ebenfalls Ausschau nach Greg. Sie hatte sich den ganzen Vormittag fest vorgenommen, nicht abzureisen, bevor Sie ihm persönlich Adieu gesagt hatte. Auch Sie hatte keine Chance und musste ohne auf Wiedersehen sagen abreisen.

Seyas Heimreise war drei Stunden lang. Ein kurzer Trip und doch reichte es, um sich einigen Gedanken nach zu hängen. Sie stellte sich die Gespräche am Abend an der Hotelbar vor, roch das Parfum von Greg, schmeckte den Wein auf den Lippen und gestand sich ein, dass Sie sich in der Gegenwart von ihm wohl gefühlt hatte. Das war Ihr noch nie vorgekommen. Beim Gedanken an Greg zeigte sich eine leichte Hühnerhaut und Schweissausbrüche folgten gleichzeitig. Sie brachte ihn nicht mehr aus Ihren Kopf und kam sich vor, wie ein Teenager der sich verknallt hat. Zu Hause angekommen, begrüssten Sie ihre zwei Katzen stürmisch und voller Übermut. Grossvater ist in den letzten Tagen, einmal bei den Tieren vorbeigekommen hat Sie gefüttert und ihnen Gesellschaft geleistet. Das Begrüssungsritual nahm eine gewisse Zeit in Anspruch, bevor Seya Ihren Koffer auspackte und todmüde ins Bett fiel. Wieder kam Ihr der grosse, stämmige Mann in den Sinn, welcher sie am Kongress in seinen Bann nahm. Mit einem Lächeln und Gedanken an ihn, schlief Sie ein.

In den darauf folgenden Tagen sanken die Erinnerungen an Greg ab. Nicht weil Sie das so plante, nein aber die Arbeit überrollte Sie und es wurde an allen Ecken und Enden ihres Körpers gezogen. Jeder wollte etwas von Ihr und Sie selbst funktionierte nur noch. Sogar Ihre Besuche bei Grossvater liess Sie einige Male sausen. Sie hinterliess ihm dafür jeweils eine Sprachnachricht und entschuldigte sich bei ihm.

Endlich stattete sie ihm einen Besuch ab, wie Sie es gewohnt war. Als sie durch die grosse, schwere Holztüre die sich automatisch öffnete schritt, sah sie ihn da sitzen und auf Sie warten. Er umarmte Sie fest, wie er Sie schon Jahre nicht mehr gesehen hätte. Sie sprachen über allerlei, was in der Zeit des Kongresses von Seya geschehen ist. Grossvater bemerkte irgendwie, dass sie anwesend war, aber abwesend wirkte und etwas studierte. Oder hatte sie Probleme? Er nahm ihren Gemütszustand zur Kenntnis, fragte aber nicht nach und liess es sein. Dieses Prozedere wieder holte sich bei jedem Besuch von Seya. Eines Tages beschloss Grossvater, Ihr auf den Zahn zu fühlen und siehe da Sie schüttelte sich und erzählte ihm von Ihrer Bekanntschaft mit Greg. Sein Herz hüpfte innerlich, endlich schrie es in ihm, sie hat jemanden gefunden, der seine Enkelin im Innersten berührte. Sie berichtete ihm von den Gesprächen mit dem Kanadier. Dabei sprach sie von der gemeinsamen Auffassung von Ihr und Greg, dass nicht alles auf dieser Welt rational erklärbar sei und dass dies bei den First Nation tief in Ihrer Weltordnung verwurzelt ist. Grossvater lächelte im geheimen, während sie das sagte, und erinnerte sich an die seltsamen Pfade der Liebe und Zuneigung, die manchmal wirklich unerklärliche Wege nahm. Es kamen ihm dabei die Erinnerungen an seine Frau hoch und wie Sie sich kennengelernt hatten. Er hatte sie am Vorabend an einer Veranstaltung kennen gelernt und Ihr versprochen nach seiner Rückkehr zu besuchen. Denn er fuhr tags darauf für ein Jahr zur See. Nach dieser Zeit kehrte er zurück. Sie wartete auf ihn und die beiden blieben ein Leben lang zusammen. Bei den folgenden Stippvisiten von Seya verloren die Themen Kongress und Bekanntschaften an Bedeutung.

Greg bestieg das Flugzeug, um nach Hause zu kommen, war er müde von dem Anlass, der doch mehr von ihm verlangt hatte, als angedacht war. Nun gut die Möglichkeit, abends früher ins Bett zu verschwinden war gegeben. Aber die Gespräche mit der bezaubernden Norwegerin hätten dann nicht stattgefunden und das würde er sich nicht verzeihen. Nach dem Start nah er wie gewohnt seine Schlafstellung ein, aber er fand den Schlaf nicht. Es kam ihm der Traum in den Sinn, den er vor vier Tagen auf dem Hinflug hatte und an die Begegnung mit Seya. Steckten der kreisende Adler und der kreischende Rabe dahinter? Sagten Sie ihm etwas und wenn ja was? Kaum hatte er sich von dem Gedanken verabschiedet, liess er die beiden Gespräche an der Hotelbar durch seinen Kopf erneut an sich vorüberziehen. Er war sich sicher, dass er Seya wiedersehen würde, spätestens in einem Jahr am Kongress in der Schweiz. Bei diesem Gedanken wurde es ihm warm und er hoffte, das Gefühl würde nicht so schnell weichen. Wie sagte er sich doch, es ist nicht alles erklärbar, was sich zwischen Himmel und Erde abspielt.

Er landete in Vancouver und es regnete: Es war kalt, als er in seinen geliebten Pick Up stieg und nach Hause fuhr. Dort angekommen stand er unter die Dusche und wechselte die Klamotten, bevor er den

Weg zu Melia und seiner Familie in Angriff nahm. Er hatte diverse Schokoladen aus der Schweiz mitgebracht für die zu Hause gebliebenen. Die Präsente wurden jubelnd und mit leuchtenden Augen angenommen. Maddie, die Kleine hatte innerhalb kürzester Zeit den ganzen Mund bis zu den Ohren verschmiert mit Schokolade zur Belustigung der Gesellschaft. Die Geschenkverteilung war vorüber, da setzte sich Melia mit Ihrem Bruder an den Tisch und sie tranken zusammen einen Kaffee. Seine Schwester merkte schnell, dass Greg anders war. Aber sie hatte selbst genug Arbeit mit sich, dem Haus und den Kindern, als dass Sie sich um die Angelegenheiten Ihres Bruders kümmerte. In den folgenden Wochen fiel Ihr die Veränderung an Greg so massiv auf, dass Sie ihn bei einem Ihrer gemeinsamen Kaffeeklatsch ins Gebet nahm. Er war spürbar froh, dass sie sein Verhalten ansprach. Er erzählte Ihr von Seya und ihren Gesprächen an der Hotelbar. Er berichtete Ihr von dem Adler und dem Raben, die ihm im Traum vorgekommen sind. Sie verstand ihn und wusste seine Eingebung zu deuten, aber sie dachte sich, dass er selber auf die Bedeutung kommen muss. Das Thema verflachte sich zunehmend, da Greg öfters im ganzen Land geschäftlich unterwegs war und wochenweise nicht nach Hause kam.

Kapitel 3

Es ist ein warmer Tag mitten im Sommer an der Strait of Georgia und Greg setzte seinen am Vorabend gefassten Entschluss in die Tat um. Er unternimmt einen längeren Spaziergang entlang der Küste, zusammen mit seinem Hund einem Golden Retriever namens Mad. Sie zogen bei schönstem Sonnenschein los und genossen den Trip. Mad liebte es, ohne Leine zwischen den Klippen umherzustreifen. Mit gesenktem Kopf folgte er den unzähligen Gerüchen nach, die er wahrnahm. Vor einiger Zeit war er ein bisschen gar zu weit vorne mit der Nase und eine Krabbe zwickte ihn mit einer seiner Scheren in sein Riechorgan. Das war ihm eine Lehre. Um diese Löcher zog er seit damals einen grossen Bogen.

Spaziergänge dieser Art waren für Greg Balsam auf die Seele. Er hängte dann seinen Gedanken nach und wurde nicht von Telefonanrufen oder unzähligen Mails gestört. Ausser Mad gab ihm zu verstehen mit einem Schnauzen Stupser an sein Bein, dass er Beschäftigung sucht und die Arbeit warten kann. Es war die Zeit, in der Greg sich zwischen durch erlaubte ein Selbstgespräch mit sich selbst zu führen.

Der Wind blies landeinwärts und trug das Treibholz an die Küste. Dies stammte von den letzten Tagen, in denen es heftig geregnet und teilweise sogar gestürmt hatte im Hinterland. Das spülte über die Flüsse Holz, Steine und Sand in die Bay. An manchen Orten stapelten sich „Drift

Wood" meterhoch und verkam zu einem Berg grauer und wild geschichteter Haufen, die aussahen wie Mikado. Einige Bewohner sammelten das Holz und brachten es zum Trocknen nach Hause. Sie heizten damit Ihre Gebäude oder benutzten es für die unzähligen Grillpartys. Zwischenzeitlich hatte Mad zwischen einzelnen Klippen Blöcken eine Stelle gefunden, die mit Sand angefüllt war. Er liebte es, sich darin zu wälzen und zu buddeln und sah nach dem Bade jeweils aus, wie er in Brotbrösel getaucht worden wäre.

Sie waren weit vorangegangen, da setzte sich Greg auf einen Klippenvorsprung und schaute auf die Bay hinaus. An der Oberfläche wiegten sich die Kelp Pflanzen in der Strömung. Dies sah aus, wie wenn sie die Wasseroberfläche streicheln würde, um sie zu beruhigen. Es roch nach frischem salzigem Tang, welcher stellenweise in langen grünbraunen Streifen an den Klippen hing oder zwischen den Blöcken verteilt lag. Die Einheimischen benutzten den Tang in der Küche teilweise wie eine Beilage. Er ist vitaminreich, enthält viele Mineralien und ist simpel in der Zubereitung. Greg bevorzugte es, seine Fische in zwei bis drei Lagen von diesem Kelp einzuwickeln, und legte sie anschliessend ins Feuer zum Garen. Diese schmeckten jeweils köstlich und waren ein Hochgenuss.

Greg sah der Fähre nach, die das Festland mit der Insel verband. Langsam kroch sie über den Horizont, bevor Sie in der Ferne verschwand. In der Zwischenzeit hatte sich der Hund neben ihn gelegt und versuchte sich in einem Nickerchen. Der Wind frisch auf und Greg nahm seinen Spaziergang wieder unter die Füsse in Richtung der alten Fischerhütte. Dort gab es ein kühles Bier und etwas zu essen. Mad erhielt von der Besitzerin sicher ein Goodie in Form eines Knochens. Wie immer, wenn er im Cove Inn einkehrte. Kein Mensch war zu sehen und der Hund jagte zwei Hasen nach, die in den Dünen hausten. Mittlerweile wurde das Rauschen des Meeres weniger, die Bay füllte sich mit frischem Wasser aus dem Pazifik. Die Zeit der Flut war gekommen. Die Höhe des Gezeitensprungs betrug an diesem Küstenabschnitt zwei, wenn nicht drei Meter. Schon mancher Schwimmer bezahlte das Unterschätzen der Gezeiten mit dem Leben. Die Strömungen vor allem unter der Wasseroberfläche sind so gross, dass die Kraft eines Menschen nicht genügt, das rettende Ufer zu erreichen. Daher ist das Schwimmen an dieser Küste verboten.

Nach einigen, weiteren Minuten hatten Sie das Cove Inn fast erreicht. Greg nahm Mad an die Leine. Dies behagte dem Hund nicht. Zuerst sträubte er sich, den Zurufen von seines Chefs folge zu leisten. Aber die Aussicht darauf, von der Besitzerin des Cove Inn, Barbara genannt Barbie ein Goodie zu erhalten, beugte er sich der Tatsache, dass mit dem herumtollen vorbei war. Der Leinenzwang hatte, aus Gregs Erfahrung andere Gründe. Mad kann spielenden und rennenden Kindern nicht Widerstehen und das beinhaltete ein gewisses Unfallrisiko, da er mit seiner Grösse die Kleinen zum Stürzen brachte. Dies kostete Greg jedes Mal einige Dollars, die für Eiscreme und Cokes draufgingen, um die verweinten Kinderaugen wieder zum Lachen zu bringen. Ein anderer Grund war, Mad liebte Katzen. Man jagt Sie und stellt

Ihnen nach. Das ginge ja, aber für die Beteiligten war diese Hetzjagd eher unangenehm und die Kommentare der jeweilig anwesenden Zuschauer ersparte er sich. Leine an dem mit Sand bespickten Hund montieren und ab in das Lokal.

Cove Inn war eine Mischung zwischen altem Western Salon und einer Strandbar. Eingebettet hinter einer grossen Düne die quer zur Küstenlinie verlief und mit vielen Büscheln hochgewachsenem Gras bewachsen war. Die Holzkonstruktion des Gebäudes war einen wie aussen weiss gestrichen. Das Dach mit Wellblech belegt, rostfarben von den vielen Stürmen und Regenfällen. An zwei Gebäudeecken jeweils eine gross Kiefer, die im Sommer Schattenspender für die Autos waren. Zum Eingang führten drei Tritte hoch über eine kleine Eingangsveranda. Mitten im Raum ein grosser Tresen der aus der Zeit von John Wayne stammte und an der Stirnseite zur Küste hin, gab es einen Eiscremestand vorgelagert eine grosse Terrasse mit Blick auf die Bay. Bei den Einwohnern von Gardiola ein Hotspot, um sich zu treffen, Geschäfte zu besprechen oder nur ein Bier zu trinken. Es gab Seafood in allen Variationen. Fischsuppe, ein Surf and Turf für das einige den Weg von Nanaimo in Kauf nahmen um im Cove Inn zu essen. Viele waren der festen Meinung, Mike hätte mindestens drei oder vier Michelin Sterne verdient für seine Küche im Cove Inn.

Greg betrat die Bar zur Mittagszeit. Es war fast jeder Tisch besetzt mit allerlei Klientel. Touristen aus Nanaimo, Victoria oder sogar Vancouver waren zugegen. Im Moment sind Muscheln im Angebot, serviert in einem kleinen Topf. Die meisten Gäste hatten einen solchen vor sich und assen Sie mit dem grössten Vergnügen. Am Tresen sassen einige Handwerker, aus der Umgebung die sich Ihr Mittagessen, meist ein Clubsandwich zu Gemüte führten und ein Bier tranken. Es war eine emsige, aber friedliche Stimmung im Cove Inn. Greg gesellte sich zu den Jungs an die Bar. Die meisten kannte er. Sie stammten selbst von Gardiola Island oder aus Nanaimo und grüssten Greg freundlich zurück. Der Polizist Mark Shelby sass an der Bar, ass ein Sandwich und trank eine Coke dazu. „Hallo Greg!" Wurde er von ihm begrüsst. Die beiden kannten sich von der gemeinsamen Schulzeit her und waren schon öfters miteinander auf der Jagd. Er zog einen Barhocker zu sich, legte die Leine des Hundes um ein Stuhlbein und setzte sich zu Mark. In der Zwischenzeit hatte er seine Bestellung aufgegeben eine Schüssel Muscheln und ein Bier. Er führte mit dem Polizisten ein belangloses Gespräch über die News auf der Insel und der weiteren Entwicklung der Wetterlage. Gleichzeitig sah er aus dem Augenwinkel, wie Barbara mit einem grossen Knochen in der Hand aus der Schwingtüre trat, die in Küche führte und auf Mad zuging. Der Hund beherrschte sich kaum, als er Barbie um den Tresen kommen sah mit seinem „Goodie" in der Hand. Er jaulte und wimmerte vor Freude, dass es ihm durch das Halsband fast die Luft nahm. „Na mein Kleiner", kam Barbie auf Mad zu und gab ihm den Knochen, streichelte ihn dann behutsam und sanft über den Kopf. „Lieber Junge!" Sagte sie zu ihm, bevor Sie die beiden Freunde an der Bar begrüsste. „Na ihr zwei Hübschen, wie geht es euch!" Barbara war ebenfalls mit den Jungs in der Schule und hatte schon mit jedem von Ihnen eine Schüleraffäre. „Es geht so" erwiderten beide mit einem feinen Lächeln auf den Lippen, welches von Barbara mit einem Augenzwinkern gekontert wurde. Kaum hatte Mark sein Sandwich fertig gegessen, bezahlte er und verabschiedete sich. In der Zwischenzeit lag Mad bei Greg unter dem Tresen und schlief. Der Knochen war sauber abgenagt und bereit, um draussen im Sand verbuddelt zu werden. So wie es die alte Hundemanier war. Greg hatte sich seine Muscheln schmecken lassen und trank das Bier fertig. Er bestellte sich ein weiteres und schaute dem emsigen Treiben in dem Lokal zu. Flinke Hände räumten Tische ab, zogen das Geld ein oder versuchten sich mit dem Terminal für die Kreditkarten. Ihn überkam eine tiefe Genugtuung, dass er jetzt und hier an diesem Ort sass. Mittlerweile ist Mad erwacht und gab Greg zu verstehen, dass es an der Zeit wäre draussen weiter zu machen. Er trank das Bier aus, bezahlte und befreite die Leine vom Stuhlbein. Nahm Mad kurz und verliess das Cove Inn.

Auf der Veranda sassen einige Gäste, die Ihre Eisbecher assen. An einem Tisch versuchte ein kleines Mädchen die beiden Katzen von Barbie, die zum Cove Inn gehörten, mit Eis zu füttern. Einen Moment nicht aufgepasst mit der Leine, schon war Mad weg und spurtete auf die Katzen los. Wenige Augenblicke später erfassten diese die Situation und rannten eiligst über die Terrasse in Richtung Küche davon. Mad mit der Leine im Schlepptau hinterher ungeachtet der Tisch und Stühle den beiden Fellknäueln her. Greg halb stolpernd, sich entschuldigend bei den Gästen, hinter der Rassel Bande her. „Nur nicht in die Küche" dachte er sich in seinem halbstolpernden Sprint. Kurz vor der Küchentür verfing sich die Leine von Mad an einer Bodendiele der Terrasse und er wurde unfreiwillig mit einem halben Salto rückwärts abrupt gestoppt. Er jaulte kurz auf und sah verwundert und mit einem Blick wie nichts geschehen wäre zu Greg auf. Er schnaufte auf und bemerkte, dass die Jagd vor der Küche in der die Katzen verschwunden sind, gestoppt wurde. Er löste die Leine von der Holzbohle und sah seinen Hund, mit einem Blick an, der ihn beinahe zum Mörder werden liess. Er verzichtete aber darauf, ihn anzuschnauzen, er rechnete es sich aus, dass dies nichts nützen würde. Er band Mad am Terrassengeländer fest und half die Unordnung, auf der Terrasse zu beseitigen. Barbara schaute ihn an und sagte nur so zu Greg „Dir ist aber schon bekannt, dass der Agility Kurs für Hunde zwei Meilen weiter die Küste runter ist, oder?" Beide lachten darüber und stellten die verschobenen Tische und Stühle wieder an Ihren Ort. Greg entschuldigte sich bei Barbi und bewegte sich in Richtung Terrasse weg, Sie schaute über seine Schulter hinweg zu Mad und staunte. „Da trifft mich doch der Schlag!" Greg drehte sich um und hatte schon Angst Mad starte zur zweiten Runde. Sowie er den Übeltäter sah, glaubte er seinen Augen nicht zu trauen, was er vor sich liegend sah. Der Hund lag in einer Ruhe da und neben ihm die beiden Katzen angelehnt an ihn, wie sie, seit Urzeiten, die besten Freunde wären. Barbie und Greg schlossen die vor lauter Staunen aufgerissenen Münder und erholten sich kurz zeitig davon. „Nun, mich erstaunt ja gar nichts mehr, es gibt Dinge im Leben, die muss man nicht verstehen." Kaum den Satz ausgesprochen drehte Sie sich um und stapfte in Richtung Cove Inn davon. Er blieb eine Weile stehen, schaute dem Trio zu, bevor er auf Sie zuging. Die beiden Katzen liessen sich von ihm streicheln, wie Sie Greg schon seit langer Zeit kennen würden. Dabei hatte er Sie ein- höchstens zweimal gesehen. Sie waren ja klein und Katzenkinder, da hatte er Sie das erste Mal entdeckt und gestreichelt hatte. Beide leckten seine Hand ab und versuchten, an ihm hochzuklettern. Die eine hatte ein goldbraunes Fell mit einem feinen Streifenmuster auf dem Rücken. Die andere war pechschwarz wie die Nacht. Die eine der Katzen schaute ihn intensiv an, ob Sie ihm sagte und zu verstehen gab, dass dies etwas Besonderes ist.

Ein Wind blies vom Oslofjord landeinwärts und streichelte das Gesicht von Seya. Sie hatte sich schon die ganze Woche auf diesen Zeitpunkt gefreut. Auf Ihrer Veranda sitzen oder auf Ihrer Liege die Sonne geniessen und auf den Fjord hinaus zu schauen. Das Wasser und seine Wellen beruhigten sie und gaben ihr die nötige Ruhe. Die Sonne wärmte ihre Haut mit einem sanften Streicheln und der Wind blies durch Ihre gekrausten Haare. In der Luft lag eine würzig salzige Note, welche von den sich brechenden Wellen Kämmen herstammte und aus dem hinter dem Haus liegenden Fichtenwald schlichen sich fast unbemerkt die Harzdüfte ein, die von den frisch gefällten Bäumen kamen. Die Nachbarsfamilie macht sich mit Ihren zwei kleinen Jungs bereit für einen Bootsausflug. Das würde für Seya bedeuten, einen entspannten Nachmittag in Ihrem Garten zu verbringen. Sie nahm die Liege aus dem Gartenhäuschen, legte die Polster darauf, schnappte sich im Wohnzimmer zwei Zeitschriften, eine Limonade aus der Küche und begab sich auf die Liege. Die Sonne wärmte sie wohlig. Vor Ihr war der Treppenabgang zum Strand des Fjordes. Die Tritte, die mit Steinplatten abgedeckt sind, waren warm und Ihre zwei Katzen lagen auf den Platten und räkelten sich in der Sonne. Allmählich überkam Seya eine angenehme Müdigkeit, der Sie sich langsam hingab und einschlief.

Durch ein eigenartiges Gefühl wurde Sie geweckt. Sie erschrak sich fast zu Tode, neben Ihr stand ein beige brauner Hund, der Ihre Hand ableckte und sie mit seinen dunklen Augen und dem leicht schräg gelegten Kopf unschuldig ansah. Sie erholte sich vom ersten Schrecken, bevor Sie sich umschaute nach jemandem, der einen Hund suchte. Doch Fehlanzeige, kein Rufen eines Hundehalters oder einer Person der entsprechende Anstalten von sich gab, ob ein vermisster Hund gesucht wird. „Was bist den du für einer?" Fragte ihn Seya und schaute nach einem Halsband, auf dem ein Hinweis war, zu wem dieses Tier gehörte. Sie fand nichts Derartiges. Ihr fiel auf, dass der Hund nach Seetang roch und sein Fell voller Sand war, ob er sich darin gewälzt hat? Er legte sich neben Sie an die Liege und fing an, sich abzulecken und zu reinigen, um nach einer gewissen Zeit ein Nickerchen abzuhalten. In Seyas Gesicht zeichnete sich ein Fragezeichen ab. Was Sie am meisten erstaunte, war die Tatsache, dass Sie keinerlei Angst vor diesem Hund hatte. Was ihr gar nicht entsprach. Im Weiteren verstand Sie nicht, warum die Katzen nicht schon längst abgehauen sind. Normalerweise verschwinden Ihre Fellknäuel bei Hunden, wenn Sie diese von Weitem sehen. Beide haben kurz den Kopf gehoben Seya angeschaut und verhielten sich, wie der Golden

Retriever nichts Aussergewöhnliches ist. Ein alltäglicher Gast. Sie betrachtete ihren Besuch immer mit einer fragenden Miene. Es kam Ihr vor, wie sie diesen Vierbeiner einmal gesehen hätte. Aber sie hatte keinen Schimmer wo, wann und schon gar nicht, mit wem Sie ihn in Verbindung brachte. Der Eindringling döste vor sich hin, Sie kraulte und streichelte ihn. Sie erhob sich von der Liege und verschwand in die Küche, um dem Hund Wasser zu holen. Er war sicher durstig, wenn er vom Fjord kam, und es wird dauern, bis sein Besitzer auftaucht. Sie nahm eine Schüssel aus dem Regal. Ihr fiel eine Message auf dem Natel, auf welches Sie schnell beantwortete, bevor sie sich mit dem Wasser wieder auf die Veranda begab. Doch der Hund war weg. Sie lief um das Haus an die Vorderseite, auf die Strasse, nichts. Seinen Namen rufen war nicht möglich, sie kannte ihn schlicht und ergreifend nicht. Wieder auf der Veranda angekommen war, schliefen Ihr beiden Katzen. Die eine schwarz und die andere goldbraun mit einer Maskierung am Rücken. Sie schüttelte den Kopf und sagte zu sich, „Man muss auf dieser Welt nicht immer alles verstehen." Trotzdem kam ihr der Hund bekannt vor.

Donnerstagmittag und Greg fuhr wie jeden Donnerstag mit der Autofähre und seiner Schwester in Richtung Nanaimo zum Wocheneinkauf. Im Verlauf der kurzen Überfahrt sah er aus dem Wagenfenster. Die Möwen und Albatrossen schienen an Ort und Stelle in der Luft zu schweben und nach etwas Besonderem Ausschau zu halten. Seine Schwester sass auf dem Beifahrersitz und schaute sich die ellenlange Einkaufsliste an. Jede Woche nahm Sie diese vom Küchenbrett, nachdem Sie die ganze vergangene Woche fortlaufend Ihre Einkaufsnotizen darauf notiert hatte. Die See war rau und auf der Fähre, die an beiden Enden offen war, spritzte die Gischt auf das Deck, sobald das Schiff auf einen Wellenkamm traf. Die Überfahrt dauerte etwas länger als gewöhnlich, was aber nicht tragisch war. Die Wagen rollten wie an einer Perlenschnur aufgefädelt von der Fähre, da zeichneten sich am Horizont dunkle Wolken, ab die nichts Gutes verhiessen. Es roch nach Regen, viel Regen dachte sich Greg. Er setzte Melia, wie jede Woche, vor dem Supermarkt ab, um sie einige Zeit später am selben Ort wieder abzuholen. In der Zwischenzeit besuchte er seinen Fisch- und Jagd Shop und besorgte sich Angelzubehör für sich und Kewi, seinen alten Kumpel. Auf dem Rückweg zum Supermarkt hielt er bei einem Bäcker an und kaufte sich Donut mit Schoko Guss und einige grosse Croissants. Es duftete herrlich nach frischen Süssigkeiten in der Bäckerei und einen Kaffee liess er sich mitgeben. Als er das Lokal verliess, fing es an zu regnen und es wurde dunkel, wie wenn es Nacht wäre. Am vereinbarten Standort wartete Melia mit Ihren Einkäufen. Zum Glück war der Pick Up gedeckt und gross genug, um all die Sachen heil nach Gabriola Island zu bringen. Sie fuhren durch die Stadt weiter zu der Mutter von Melia und Greg. Sie lebte in einem Altersheim, das von den Angehörigen der First Nation für die Angehörigen der First Nation betrieben wurde. Seine Mutter war kalendarisch 68 Jahre alt. Aber die harte Zeit auf Ihrer kleinen Ranch hatte seinen Tribut gefordert und sie wirkte älter. Wie immer sass Sie auf Ihrer Bank vor dem Eingang und erwartete die beiden mit einem breiten Lächeln in Ihrem Gesicht. Ihre weissen Haare waren zu zwei Zöpfen geflochten, die seitlich an Ihrem Kopf über die Schulter auf ihre Brust fielen. Sie trug wie die meisten Bewohner einen traditionellen Umhang der Küsten Salish. Ihre rauen Hände und krummen Finger zeugten von ihrem entbehrungsreichen Leben. Doch Greg kannte keine, die liebevoller und wärmer waren als die seiner Mutter. Sie schaute seine Schwester und ihn aus ihren dunklen schmalen Augen an und Sie waren voller Freude. „Schön, dass ihr gekommen seid". Sie führte die beiden in das Langhaus, in dem sich die Bewohner der Anlage treffen und Besuch empfangen konnten. Das Haus war im Stile der First Nation erbaut und aus Holz. Vier massive, runde Stützen, die mit Schnitzereien der heiligen Tiere verziert waren, hielten das Dach. In der Mitte des Hauses stand eine Feuerstelle, in der am Abend und in der kalten Jahreszeit ein Feuer brannte. Die Wände waren ebenfalls aus Holz und mit klassischen Malereien der Einheimischen verziert. Das Haus wurde einem Original Langhaus nachgebaut und erstellt von den Ureinwohnern der Salish. Greg hatte mitgeholfen und war jede Woche erneut Stolz auf dieses Werk.

Sie nahmen an einem Tisch Platz und er legte die Leckereien darauf, die seine Mutter doch so gerne hatte. Sie bedankte sich bei den beiden und führte den Geschwistern Ihre Hand an die Wange, wie sie es immer tat. Melia zog die Jacke aus und holte für das Trio einen Kaffe. Draußen regnete es in Strömen und man hörte, wie die Tropfen auf das Dach prasselten. Im Raum hielten sich etliche andere Personen auf, die Besuch empfingen, ein Buch lasen oder Scrabble spielten. Als Melia zurückkam, redeten sie über die vergangene Woche und weitere Vorkommnisse. Wichtig war Ihnen bei Ihrer Mutter zu sein und ihr Zeit und Aufmerksamkeit zu schenken. Greg war nicht der Unterhalter. Er überliess dies lieber seiner Schwester, die das besser beherrschte. Er sah sich in dem grossen Saal um, dabei fiel ihm gegenüber an der Wand ein älterer Mann auf. Sauber gekleidet, gekämmte Haare und mit einer Hornbrille auf seiner Nase. Er hatte den Bewohner noch nie gesehen oder er ist ihm nicht aufgefallen. Es war sicher keiner der Salish. Der Mann sah eher aus wie einer vom Festland, aus der Grossstadt. Er trug eine feine hellbraune Cordhose und einen Blazer in der gleichen Farbe und aus demselben Material. Auf dem Revers blinkte eine Anstecknadel mit einem kleinen Anker verziert. Diesen Anstecker zur Folge, überlegte sich Greg, ob dies ein Mann ist, der mit Schiffen oder auf ihnen gearbeitet hatte. Der Mann schaute Greg an, nickte kurz mit dem Kopf und lies weiter in der Zeitung, die er vor sich hatte. Er erwiderte den Gruss und sah dann zu seiner Tischrunde. „Hast du jemanden gesehen den du kennst?" Fragte seine Schwester. „Nein, Nein," sagte Greg und nahm einen Schluck seines inzwischen kalt gewordenen Kaffees. Bevor er sich wieder versuchte an dem Gespräch mit den beiden Frauen zu beteiligen.

Seine Mutter lächelte und in Ihrem Gesicht zeichnete sich eine tiefe Zufriedenheit ab. Greg kannte Sie zu gut, dass er nicht wusste, dass Sie ihm damit etwas sagte. Er wusste nur nicht was. Er sah erneut in die Richtung des Mannes und sah, dass er eine Zeitung las, die in einer ihm unbekannten Sprache geschrieben war. Der Leser sah zu ihm auf, lächelte ihn an und erwiderte für einen Sekundenbruchteil seinen Blick. Greg meinte in seinen Augen etwas Gutes entdeckt zu haben. Doch er wurde wieder von seiner Schwester unterbrochen mit einem aufdringlichen „Hallo Greg, dein Kaffe wird kalt und dein Donut ist auch noch ganz." Sie beugte sich auf die Seite von ihm und versuchte zu sehen, was für ihn so sehenswert war, doch sie sah nichts. Kein Mann, keine Gegenstände, nichts. Sie sah ihn an, schwieg aber und Greg hatte in der Zwischenzeit seinen Donut angebissen und einen Schluck Kaffe getrunken. Mit leiser Stimme meldete sich Ihre Mutter zu Wort und sagte nur. „Melia, da ist nichts das Du sehen könntest." Diese Aussage der alten Frau erstaunte umso mehr, als das Sie mit dem Rücken zu dem „Unsichtbaren" sass und nicht sah, was sich hinter ihr abspielte.

Melia holte erneut für alle einen Kaffee. Auf dem Weg zur Kaffeemaschine traf Sie eine Bekannte, mit der Sie in ein paar Worte wechselte. Auf diesen Moment hatte seine Mutter gewartet und sagte zu ihm mit Ihrer feinen und leisen Stimmen. „Greg du wirst in der nächsten Zeit vieles Erleben. Lass es geschehen und du wirst reich beschenkt. Dein Adler kreist!" Kaum hatte Sie ihre Worte beendet, war Melia mit einem Tablett Kaffe angekommen und die Plauderstunde setzte sich fort. Greg wusste, dass seine Mutter die Fähigkeiten hatte, gewisse Sachen im Voraus zu erahnen und zu deuten. Diese Eigenheiten hatte Sie von ihrem Grossvater vererbt, der einer der letzten Schamanen vom Stamm der Salish war. Greg studierte den Worten seiner Mutter nur oberflächlich nach. Er merkte, wie ihn Ihre Stimme, mehr berührte als der Inhalt. Inzwischen war es Mittagszeit und Sie brachen langsam auf. Draussen stürmte es und Sie wollten die Fähre erwischen, bevor der Betrieb infolge Sturm eingestellt wird. Beide verabschiedeten sich bei Ihrer Mutter und versprachen Ihr, Sie spätestens in der kommenden Woche wieder zu besuchen. Zusammen mit den Enkeln, denn die Schulferien standen vor der Tür und Sie sah Ihre Enkel nicht oft. Lieber telefonierten Sie mit Grossmutter. Aber Sie verstand die Stimmen ihrer Jüngsten am Telefon nicht mehr so gut und daher war diese Art der Kontaktaufnahme keine Alternative.

Als sie sich in die Reihe der Autos einfügten, die am Kai standen, regnete es so heftig, dass die Scheiben Wischer des kaum nachkamen. Der Sturm hatte sich etwas gelegt und die Fährüberfahrt fand sicher statt. Zu Hause angekommen verstauten Sie die eingekauften Waren in Melia „Vorratskammer" welche von der Grösse her eher einem kleinen Warenladen glich. Darin hingen, nebst den gekauften Vorräten, Trockenfleisch an einem Rost an der Wand. Getrockneter Fisch baumelte im hinteren Teil der Kammer von der Decke und unzählige Gläser gefüllt mit Gemüse, Früchten, Beeren und Fleisch stapelten sich in den Regalen an den Wänden. Bündel von gesammelten und getrockneten Kräutern gaben dem Raum einen angenehmen Duft, welche ebenfalls an einem Deckenrost befestigt waren. Als alles eingeräumt und verstaut war, verabschiedete sich Greg bei Melia und fuhr in Richtung Cove Inn davon. Er liess sich die heutige Begegnung bei seiner Mutter bei einem Bier erneut durch den Kopf gehen. Es war ihm nicht geheuer, was er dort beobachtet hat und was er damit anzufangen hatte. Das man zwischen Himmel und Erde nicht alles rational erklären konnte und musste, war ihm klar. Aber die Erscheinung des alten Mannes und die Aussage seiner Mutter stimmten ihn nachdenklich.

Seya hatte Feierabend und freute sich auf das kommende Wochenende. Es versprach heiteres Wetter und warm, wenn nicht sogar heiss zu werden. Sie begab sich auf den Weg zu Ihrem Grossvater, der keine 10 Minuten von Ihr weg in einer Altersresidenz wohnte und sich jedes Mal freute, wenn er seine Enkelin sah. Seya besuchte ihn gerne, denn Sie war ihm dankbar, in seinem Haus zu wohnen. Grossvater selbst wollte nicht mehr darin leben, seit seine von ihm über alles geliebte Frau Marietta vor einigen Jahren verstorben ist. Sie lief durch den Haupteingang eine grosse alte Holztüre, die automatisch gesteuert wird, öffnete sich, wenn man näherkam. Grossvater sass im Café das zur Anlage gehörte vor einer Tasse Tee und liess in einem alten Schmöker über die Geschichte der Seefahrt, seinem Lieblingsthema. Als er Sie beim Betreten des Raumes erblickte, legte er das Buch beiseite, erhob sich und lief auf Sie zu. Sie umarmten sich zur Begrüssung und hauchten sich einen Kuss auf die Wange. „Na, Grossvater wie geht es Dir?" Fragte Sie ihn mit einem Lächeln auf ihrem hübschen, spitzbübischen Gesicht. „Gut, sogar sehr gut wenn ich dich sehe." Antwortete er ebenfalls mit einem Schmunzeln auf seinem Antlitz, das von einer markanten Hornbrille gezeichnet war. „Willst du einen Tee?" Fragte er Sie. „Nein, lieber ein Wasser. Es ist so heiss draussen." Antwortete Sie ihm. Er bestellte an der Theke ein Glas davon und sie setzten sich beide an den Tisch, auf dem das Buch von Grossvater Ole lag. Das Café befindet sich in einer alten Orangerie. Sie bewunderte jedes Mal diesen Glasbau. Er war hoch so hoch, dass zwei Palmen darin untergebracht waren, und die Ausstattung basierte auf vielen tropischen Pflanzen wie Lianen Gewächse, Sukkulenten und mehr. Diese gaben der Halle ein eigenes Ambiente. Durch dieses Café führte ein kleiner Rundgang, an dem es immer wieder Nischen mit Stühlen und Tischen gab, an die man sich setzen und etwas trinken konnte. Die Wände der Orangerie waren bis auf Schulterhöhe gemauert und weiss gestrichen. Die Halle war hell und im Sommer wurden im oberen Teil der Glaskuppe die Fenster ausgestellt, damit die Wärme entwich.

Als sie sich gesetzt hatten, ergriff Grossvater stumm die Hand von Seya und freute sich über ihr Kommen. „Erzähl, wie geht es dir?" Forderte er Sie auf. Sie erzählte ihm von dem alltäglichen Wahnsinn Ihrer Arbeit. Während Sie so dasass und mit ihm redete, beobachtete Sie eine alte Frau mit weissen langen Haaren und einem braungebrannten leicht rundlichen Gesicht am gegenüberliegenden Tisch. Die Dame schien dazusitzen und sah sich die Orangerie an. Nach einer kurzen Zeit hielt die Frau die Umschau inne, schaute zu Seya hin und lächelte Ihr zu. Sie grüsste zurück und wandte sich ihrem Grossvater zu. Er betrachtete Sie und fragte „Kennst du jemanden?" „Nein, nein." Erwiderte Sie und wandte sich ihrem Wasser zu, aus dem Sie sich einen grossen Schluck genehmigte. Ihr kam der Vorfall mit Ihren Katzen und dem Hund in den Sinn und erzählte Ihrem Gegenüber davon. Er hörte Ihr mit stoischer Ruhe zu, nickte ab und zu mit dem Kopf und sah sie auffordern an. „Was meinst du zu dieser Geschichte?" Fragte Sie ihn. „Es gibt Sachen auf dieser Welt, die passieren. Die geschehen, ob wir es erklären können oder nicht, es bleibt uns ein Rätsel und das ist gut so. Diese Aussage erinnerte Sie wieder an Greg. Während er darüber sprach, schaute Sie in die Richtung der alten Dame und sah, wie Sie sich vom Stuhl erhob. Sie winkte Seya zu und verschwand hinter einem Orangenbaum aus dem Blickfeld. Grossvater und Sie plauderten eine Weile miteinander bevor sich Seya verabschiedete und durch die grosse Holztüre die Anlage verliess.

Sie radelte nach Hause und genoss anschliessend den lauen Sommerabend im Garten. Die beiden Vorfälle mit dem Hund und der alten Frau brachte nicht aus dem Kopf. Sie sinnierte eine Weile darüber nach, bevor die Abenddämmerung einsetzte und sie zurück ins Haus lief.

Die Tage wurden kürzer, die Nächte länger und die Wälder fingen an, ihr goldgelbes und farbiges Blätterspiel zu malen. Es gab am Morgen Reif an den Pflanzen. Es war höchste Zeit für Seya Ihr Igel Haus in den Garten zu stellen und mit Laub zu füllen, damit die Tiere aus Ihrem und den Anlagen der Nachbarn darin den Winter verschlafen konnten. Die Überwinterung der Igel war ihr eine Herzensangelegenheit seit früher Kindheit an. Das Igel Haus hatte Sie von Ihrem Vater geschenkt bekommen. Ihre Schwester und Sie beherbergten zu Spitzenzeiten fünf bis sechs Igel Familien. Insgesamt waren dies dann eine Kolonie von 25 bis 30 Tiere denen sie eine Unterkunft über den Winter herrichteten. Der Preis den die stacheligen Genossen dafür bezahlten waren keine Schnecken und andere Schädlinge in Mamas Gemüsegarten. Da es Wochenende war, nahm sich Seya vor, dass bis am Sonntagabend das Igel Haus bezugsbereit war. Sie besorgte im Laden einige Lebensmittel, fuhr mit dem Rad nach Hause und suchte im Keller den Jutesack, den sie für das Laub beiseitegelegt hatte. Gegen Mittag packte Sie den Sack und fuhr mit dem Fahrrad in ein nahegelegenes Waldstück. Sie stellte das Vehikel an einen Baum und schloss es mit einer Kette ab. Das Blätterwerk raschelte unter Ihren Füssen, Sie liebte es durch das Laub zu spazieren und wenn dabei ein leichter Luftzug blies und es einen „Laubregen" von den Baumkronen gab, war Ihre Herbststimmung perfekt. Sie nahm den Geruch des Laubes wahr, das einen eigenartigen Duft entwickelte. Frisch, nass und doch etwas nach modrigem, sterbendem und endendem Leben. Sie fand eine Stelle, an der es schönes und trockenes Laub auf einem Haufen aufgeschichtet war. Sie füllte Ihren Laubsack mit den Blättern und achtete darauf, dass keine Zweige oder Steine mit eingepackt wurden. Als der Sack voll war, schwing sie diesen auf das Fahrrad zurrte ihn fest und fuhr nach Hause. Gegen Abend war die Behausung bezugsbereit. Gefüllt mit Laub und etwas wenigem Katzenfutter darin damit die Igel für den Winter versorgt waren. Sie knipste ein Foto mit Ihrem Smartphone, um es später Ihren Nichten zu senden. Es war früher Abend so gegen fünf Uhr, das Telefon läutete und die Nummer Ihrer Schwester auf dem Display leuchtete auf. „Hallo Lina." Meldete sie sich. Es vergingen einige Sekundenbruchteile als die Stimme von Lars, ihrem Schwager, ertönte. Verwunderte Gesichtszüge kamen in Seyas Gesicht auf. Er hatte Sie noch nie angerufen, obwohl er ein feiner und lieber Kerl war. Sie fragte ihn ein bisschen mit Erstaunen in Ihrer Stimme. „Hallo Lars, dich hätte ich nicht am Telefon erwartet. Was gibt es? Ist etwas passiert?" Sie vernahm einen tiefen Atemzug, Lars erhob seine Stimme und sagte zu Ihr, „Hallo Seya, lange nichts gehört von dir. Wie geht es dir?" „Mein lieber Schwager, ich glaube kaum, dass du mich anrufst um zu fragen wie es mir geht, oder?" „Nein, du hast recht. Ich wollte dir nur sagen" und ein verhaltenes Weinen in seiner Stimme kam hoch „Lina ist im Spital und muss notoperiert werden." Stille an beiden Enden der Telefonleitung. Seya wusste nicht, was mit Ihr geschah. Für einen Moment drehte sich alles um Sie herum. Sie biss sich auf die Unterlippe und fragte Lars, „Wiederhol das doch bitte noch einmal. Lina, meine Schwester wird notoperiert? Wieso was ist passiert? Hatte Sie einen Unfall?" „Nein, nein." Erwiderte Lars. „Es ist eine längere Geschichte. Sie muss einen Hirntumor entfernen lassen und die Chancen stehen nicht gut. Die Ärzte können erst nach dem Öffnen des Schädels sagen, wie es wirklich aussieht." Seya zog es den Boden unter den Füssen weg. Das Telefon fiel Ihr aus der Hand und sie flüchtete gerade noch rechtzeitig auf das Sofa, dann wurde es schwarz um sie. Nach einigen Augenblicken kam sie wieder zu Bewusstsein, hob das Smartphone auf. Ausser dem gesprungenen Display funktionierte das Telefon noch. Sie lief in die Küche, holte sich ein Glas Wasser, trank es und wählte die Nummer von Lina. Lars nahm ab. „Was ist geschehen?" Fragte er, bevor sie sich meldete. „Nichts, nichts," sagte Seya. „Es hat mich nur ein bisschen aus den Schuhen gehauen, Sorry." „Macht doch nichts, solange es dir gut geht, alles klar." Nach einem langen Telefonat mit Ihrem Schwager wusste Sie die Krankengeschichte Ihrer Schwester recht gut, nicht bis in das letzte Detail aber das wahr auch nicht nötig. Seya schwang sich ins Auto und fuhr zu Ihren Eltern auf den Hof nach Drammen. Das sind 45 Minuten Autofahrt. Sie hatte Ihre Sie telefonisch informiert, dass Sie vorbeikomme. Mit Lars hatte Sie ausgemacht, dass Sie die Nachricht überbringen werde und er sich um Lina und seine Familie mit den beiden Töchtern kümmern soll.

Kaum auf dem Hof angekommen stürmte Ihre Mutter auf Sie zu. Mit einem sorgenvollen Blick nahm sie Seya in den Arm und führte Sie in das Haus. Vater sass in der Küche auf der Eckbank, wie er immer. Beim Eintreten der beiden Frauen stand er auf, nahm seine kleine Tochter in den Arm und drückte Sie fest an sich. Seya wurde es erstmals seit langem wieder warm ums Herz. Aber sie musste jetzt stark sein, sich zusammen reissen, um Ihren Eltern die Geschichte von Lina zu erzählen. Als Sie mit dem Erklären geendet hatte, war die Nacht hereingebrochen und die Mondsichel beschien den Hof mit seinem hellen Licht. Pal, der Vater von Seya verzog sich in den Stall zu den Kühen. Die Mutter zauberte trotz Ihres inneren Durcheinanders ein leckeres Nachtessen auf den Tisch. Bevor sich alle drei setzten und assen, buchte Seya für sie beide einen Flug am kommenden Vormittag nach Tromsø. Anschliessend an das Essen und den Abwasch, rief sie Ihren Chef zu Hause an, entschuldigte Sie sich für die Störung erklärte ihm kurz den Sachverhalt und meldete sich für eine Woche ab. Seya schlief bei den Eltern auf dem Hof, um am Morgen mit ihrer

Mutter zu Ihr nach Hause zu fahren, ein paar Sachen zu packen. Anschliessend fuhren Sie auf den Flughafen, um die Maschine nach Tromsø zu erwischen. Dort wurden Sie von Lars abgeholt und begaben sich direkt ins Spital zu Ihrer Schwester Lina.

Im Universitätsspital von Tromsø angekommen führte man Sie direkt zu der Patientin. Sie lag in der Intensivstation und man konnte Sie nur durch eine Glasscheibe sehen. Sie war wach, aber gezeichnet von der Operation und all den vorangegangenen Prozeduren. Seya bemerkte an ihrem Blick eine gewisse Erleichterung darüber, dass jetzt hoffentlich alles vorbei ist. Neben Ihr, Ihre Mutter Ester und die Mutter von Lars, Helene. Die drei standen vor dieser Scheibe und schauten fassungslos hinein zu Ihrer Geliebten Schwester, Tochter und Schwiegertochter in der Gewissheit, dass das Einzige was Sie für Lina tun konnten, war einigermassen zu funktionieren. Ihren beiden Mädchen die nötige Aufmerksamkeit zu schenken und ihrem Mann etwas Arbeit abnehmen, damit der Hof funktionierte.

Nach einer gewissen Zeit kam Lars mit seinen Töchtern Pia und Agnes. Beide hielten ein Stofftier im Arm, als Sie auf die drei Frauen zuliefen. Sie freuten sich riesig, ihre Omas und ihre Tante zu sehen. Sie umarmten einander und Pia die Kleine der beiden liess Seya nicht mehr los. Sie sah kurz zu Ihrer Mutter, die schlafend im Bett lag. So nah neben Ihnen aber doch so weit weg, getrennt einzig und allein durch eine Scheibe. „Geht es Mama nun wieder besser?" Fragte Agnes die ältere Tochter mit fragendem Blick und kleinlauter Stimme. Seya schnürte es den Hals zu und ihr kamen die Tränen, als sie in die Augen der beiden Mädchen sah. Die Spitalluft war stickig und roch nach Putzmittel. Ihr wurde Übel und sie begab sich kurz an die frische Luft. Pia wollte unbedingt mit Tante Seya mit und hielt Sie so fest, dass Ihr die Finger schmerzten. „Natürlich kannst du mitkommen," erwiderte Sie, nahm die Kleine auf den Arm und verliessen das Spital in Richtung Ausgang.

Die beiden Damen kamen nach einer Viertelstunde wieder auf die Station. Lars kehrte von der Besprechung mit dem Arzt zurück. Er informierte die Familie. „Sie haben gesagt Sie hätten den ganzen Tumor erwischt und es gab während der Operation keinerlei Komplikationen. Die nächsten zwei Tage seien nun entscheidend für den Heilungsverlauf. Im Moment verbleibe Lina auf der Intensivstation zur dauernden Überwachung. Wenn alles gut geht, wird Sie im Anschluss daran auf die Station verlegt." Er sprach mit leiser Stimme und wirkte besorgt. Die drei Frauen verbrachten zusammen mit den beiden Mädchen den ganzen Tag im Spital. Ihr Vater fuhr nach Hause auf den Hof zu seiner Arbeit. Es wurde dunkel, da holte Lars seine beiden Töchter, Seya und seine Schwiegermutter ab und brachte Sie auf den Hof. In der Küche wurde die Gesellschaft von Uma begrüsst, der Nachbarin vom Hof nebenan. Sie leistete Nachbarhilfe, da Ihr Hof nicht mehr bewirtschaftet wird, seit Ihr Mann gestorben ist, half Sie öfters bei Lars und Lina aus. Sie hatte eine Schüssel mit dampfender Suppe auf den Tisch gestellt und jedem ein Glas selbst gemachten Blåbaer Sirup eingeschenkt.

Die Tage vergingen und Lina wurde auf die Station verlegt. Ihr Zustand verbesserte sich von Stunde zu Stunde und es war für alle erleichternd zu sehen, wie sie Fortschritte machte. Am Tag der Abreise von Seya und Ihrer Mutter fühlte sich Lina so gut, dass Sie die beiden Frauen im Rollstuhl an den Ausgang begleitete und sich bei Ihnen mit einer Umarmung verabschiedete. Seya hatte den Mädchen versprochen, von dem Igel Haus ein Foto zu senden und im nächsten Jahr mit Ihnen zusammen ebenfalls ein Igel Haus zu bauen. Seya versprach es den Nichten zum wiederholten Male und warf den beiden, als sie in das Taxi einstiegen eine Kusshand zu. Auf dem Rückflug nach Oslo überkam sie ein eigenartiges Gefühl, sie empfand sich einsam und alleine. Es fröstelte Sie und sie legte Ihren Mantel über sich, um ein bisschen Wärme zu erhalten.

Zu Hause angekommen, fuhr Sie bei Ihrem Grossvater in der Residenz vorbei und erzählte ihm die ganze Geschichte. Er hörte Ihr gespannt zu und stellte zwei, drei Fragen zu Lina deren Familie und war heilfroh, als er vernahm, dass es seiner Enkelin besser ging. Sie gab ihm die Telefonnummer von Lars und erhob sich, um zu gehen, bei der Holztüre angekommen, entdeckte Sie die geheimnisvolle alte Frau mit Ihrem weissen, zu zwei Zöpfen geflochtenem Haar wieder. Erneut winkte Sie Seya zu, lächelte und verschwand im Aufzug, der in die oberen Etagen führte.

Gemütlich legt sie sich auf Ihr Sofa. Plötzlich überkam Sie dieses Gefühl der Einsamkeit wieder und ihr ging die Begegnung mit der alten Dame in Grossvaters Altersresidenz nicht aus dem Sinn.

„Woher, kam ihr die Frau nur so bekannt vor" sagte Sie halblaut zu sich selbst. Kaum ausgesprochen kam Ihr die Tagung Anfang des Jahres in den Sinn. War da nicht dieser Kanadier, wie hiess er doch? Greg, fiel es Ihr wie Schuppen von den Augen. Na klar die Frau hatte genau die gleichen Augen und hatte ebenfalls einen leicht bräunlichen Teint wie sie. Hatte er etwas damit am Hut? Wohl kaum obwohl Sie sich mit ihm an der Hotelbar in einem Gespräch über sinnliches und übersinnliches unterhalten hatte. Zufrieden mit dem Gedanken an die Tagung und die damit gemachte Bekanntschaft von Greg liess sie sich hundemüde ins Bett fallen.

Die See war stürmisch trotz des warmen und sonnigen Wetters. Es blies ein kühler Wind, welcher von Norden kam und den nahenden Winter ankündete. Es war ein wundervoller Ausblick von der Terrasse von Gregs Haus. Er sah die bunten Farben des Blätterkleides des nahen Waldes. Die rot, gelb und Brauntöne ergaben ein so harmonisches Bild, wie es nur die Natur zeichnete. Er sog die salzige Luft tief in seine Lungen ein und genoss es, in einer solchen Gegend zu wohnen. Er betrachtete es als Privileg, dass er in diesem Habitat sein und leben durfte. Daher versuchte er, gegenüber der Gegend in der er lebte Demut zu zeigen, wenn es auch nur in seinem Innersten war. Nach einiger Zeit bewegte er sich wieder zurück in sein Haus und begab sich an die Arbeit. Es stand ein grosses IT-Projekt vor der Türe für einen seiner Hauptkunden und dafür war im Vorfeld einiges zu bewegen.

Es war Mittwoch und wie immer mittwochs fuhr er zur Familie seiner Schwester Mittagessen. Er machte sich um halb zwölf auf den Weg zu Ihr und seinen Neffen Clark und Silas sowie zu seinem Sonnenschein Maddie. Als er vor dem Haus seinen Pick Up parkte, waren die beiden im Schuppen und richteten das Angelzeug für den Nachmittag. Anscheinend ging es zum grossen Fischfang. „Hallo Jungs!" Rief Greg und winkte Ihnen zu. „Ist Mam im Haus?" „Ja" gab einer der beiden zurück. Er trat ein und es war eine eigenartige Ruhe darin. Keine schreiende Maddie keine tobenden Jungs und keine Melia die meistens, während Sie kochte, Musik in voller Lautstärke hörte. Nichts, Ruhe. Vom Korridor rechts befindet sich das Wohnzimmer in dem eine grosse Sitzgruppe, ein Fernseher und ein TV- Sessel standen leer. Greg rief nach Melia, als er ein Geräusch aus der Küche vernahm. Seine Schwester sass am Küchentisch das Gesicht in den Händen vergraben und weinte leise vor sich hin. „Was ist los?" Fragte er, während er auf sie zuging. Sie erhob sich vom Stuhl und Greg nahm Sie in seinen Arm. Nach einer Weile löste er die Umarmung von Melia, fasste Sie sanft an den Schultern und sah fragend in ihr Gesicht. „Na, sag schon. Was ist passiert?" „Will musste mit Maddie wieder in den Spital. Sie war seit einigen Tagen so müde und hatte öfters Nasenbluten. Heute morgen ist sie mit hohem Fieber im Bett erwacht. Wir haben in den Spital angerufen und Sie empfahlen uns mit Maddie vorbeizukom- men." Erläuterte Melia mit ängstlichem Gesicht. Greg erwiderte nichts, nahm Sie erneut in den Arm und sagte zu Ihr „Das wird wieder gut werden." Er würgte diese Worte aus sich heraus, da es ihm über diese Äusserung selbst den Atem abschnitt.

Maddie ist fünf Jahre alt und vor zwei Jahren hatte man bei Ihr Leukämie diagnostiziert. Sie wurde daraufhin in Vancouver im Spital behandelt. Nach kurzer Zeit konnte Sie stabil und geheilt die Klinik verlassen. Das Blutbild hatte sich normalisiert und die Werte liessen darauf schliessen, dass die Therapien bei Maddie angeschlagen haben. Sie war seit einiger Zeit medikamentenfrei und musste nur einmal im Jahr zur Untersuchung. Es waren alle Signale auf positiv gestellt. Bis zu heutigen Tag. Das Rennen um Maddie hatte womöglich heute wieder begonnen.

Greg schnappte sich die beiden Jungs und fuhr zusammen mit Melia ins Cove Inn zum Mittagessen. Sie erwarteten von Will frühestens im Verlaufe des Nachmittages Bericht, wie es um Maddie stand. Die Stimmung am Tisch war gedrückt, obwohl Mad die beiden Jungs vor lauter Betteln nach Essen keinen Moment in Ruhe liess. Greg nahm den Hund und sperrte ihn ins Auto, bis sie wenigstens mit dem Lunch fertig waren. Eine Weile später und mit einigen aufmunternden Worten von Barbie schlenderten die vier Richtung Auto und fuhren zu Melia nach Hause. Kaum angekommen, schnappten sich die beiden Jungs die vorbereitete Angelausrüstung und zogen davon, an die Küste fischen. Melia brühte sich und Greg einen Kaffee auf und versuchten sich, mit belanglosen Gesprächen abzulenken. Gegen vier Uhr nachmittags läutete das Telefon von Melia. Will, ihr Ehemann war dran und überbrachte die Botschaft, dass die Vermutung einer erneuten Erkrankung von Maddie Tatsache ist. Maddies Kampf begann von vorne.

Wenige Tage nach der ersten Diagnose der Ärzte im Spital von Nanaimo wird die kleine Maddie nach Vancouver in die Klinik überführt. Dort gab es ausgewiesene Spezialisten auf dem Gebiet der Leukämie. Es wurden schnell alle nötigen Untersuchungen und Test's an und mit Ihr durchgeführt, um die effektivste Methode zur Eindämmung oder Heilung der Krankheit zu ermöglichen. Maddie liess alle diese Prozeduren entspannt über sich ergehen. Greg schlief in Sorge um seine kleine Nichte unruhig oder gar nicht und betäubte sich mit einem Sprung in die Arbeit, die vor ihm lag. Teilweise bis tief in die Nacht hinein.

Mittlerweile war Maddie schon einige Zeit auf dem Festland. Die genauen Untersuchungen sollten in den nächsten Tagen abgeschlossen werden, um dann mit zielgerichteten Therapien zu beginnen. Greg war bei seiner Schwester und unternahm etwas mit den Jungs. Einige Tage später reiste Maddie in den Spital nach und blieb. Greg erklärte sich bereit, in der Zwischenzeit den Haushalt der Familie Swift zu schmeissen. Er konnte gut von dort ausarbeiten und war nicht auf sein Haus angewiesen. Mad, Gregs Hund fand es absolut fabelhaft. Mit Clark und Silas hatte er zwei perfekte Spielpartner gefunden die, wie er lieber draussen waren, als über den Hausaufgaben zu brüten. Greg gelang es einigermassen gut, mit seiner neuen Aufgabe zurechtzukommen. Jedoch musste er einmal die Hilfe von Barbie aus den Cove Inn beanspruchen da die Waschmaschine so viel Schaum produziert und damit fast das ganze Basement füllte. Wie das so war unter den Einheimischen, man half sich wann und wo man konnte. Sie hatte das Missgeschick schnell unter Kontrolle und unterstützte ihn dabei weitere Wäsche zu waschen. In der Zwischenzeit tranken sie einen Kaffee zusammen und redeten über die Geschichte um Maddie. Mittlerweile wusste jeder auf Gabriola Island, was mit dem Mädchen los war und wie es um Sie stand. Die Anteilnahme der Leute war gross und einige kamen vorbei, um zu fragen, wie es der Kleinen ging. Beim Abendessen beschlossen Greg und die Jungs am nächsten Tag Maddie zu besuchen und Sie damit zu überraschen.

Die zwei freuten sich und waren entsprechend aufgedreht, als es losging. Die Fahrt aufs Festland mit der Fähre dauerte drei Stunden. Im Spital angekommen wollten Sie so schnell wie möglich Ihre Schwester sehen. Maddie war auf der Isolierstation und es durften jeweils nur zwei Personen zu Ihr in das Isolier- Zimmer. In spezielle Anzüge verpackt mit Maske und Haube versehen konnten Sie abwechslungsweise zu Ihr. Maddie hatte Ihre natürliche Farbe im Gesicht und die dunkeln Augen hatten ihr leuchten und strahlen wieder gefunden. Sie wirkte fröhlich und überrascht, als Greg mit Ihren zwei Brüdern auftauchte. Nachdem der ganze Vorgang mit dem Besuch der Schwester in dem Isolierzimmer vorbei war, gingen Greg und Melia im Spital einen Kaffe trinken. Die Jungs schnappten sich einen Becher Coke und verschwanden, nach draussen zu Mad der im Wagen warten musste. „Wie steht es um die Kleine?" Fragt Greg seine Schwester. „Die Ärzte sind guten Mutes, dass Sie es ein zweites Mal schafft. Aber wahrscheinlich benötigt sie für die Therapie einen Ihrer Brüder." Greg runzelte die Stirn und sah seine Schwester fragend an. „Sie wollen prüfen ob allenfalls ein Stammzellen Therapie ein möglich Variante für Maddie wäre," klärte ihn Melia auf. Sie beide nahmen einen Kaffe und verabschiedeten sich anschliessend voneinander. Auf der Rückfahrt, wie auf der Überfahrt nach Gabriola war es ruhig im Auto. Die beiden Brüder schliefen und Mad döste auf der Rückbank vor sich hin. Greg flogen unzählige Gedanken durch den Kopf. Dabei blieb er bei einem hängen und war im ersten Moment darüber erstaunt. Seya die Norwegerin vom Kongress in der Schweiz kam ihm in den Sinn. Die angenehmen Gespräche, die er mit Ihr hatte, waren ihm wieder präsent und er schmunzelte. Ein warmes Gefühl überkam ihn, aber es hielt nicht lange an, da er genau in dem Moment aufgefordert wurde, von der Fähre zu rollen. Dies benötigte seine volle Aufmerksamkeit, da die Überfahrt ausgebucht war und es bei der Abfahrt meist ein Gedränge gab.

Am darauffolgenden Tag kam aus Vancouver die Meldung, der Vater müsse schnellstmöglich mit beiden Jungs in den Spital kommen zu medizinischen Tests bezüglich einer Spende für Maddie. Will verliessen erneut die Insel mit Clark und Silas in Richtung Vancouver. Greg kam dies gerade recht, da er mit seiner Arbeit im Rückstand war. Somit liess er die Hausarbeit liegen und arbeitete einen Teil seines pendenten Aktenberges ab. Er kam mit seiner Arbeit voran und als am Abend der Bescheid kam, dass beide Jungs sich als Spender eigneten, war dies ein erfolgreicher Tag. Er konnte die erste Nacht, seit Maddie weg war, durchschlafen bis morgens um acht. Dann weckte ihn Mad mit einem nassen Hundeschmatzer. Er bereitete sich das Frühstück zu und beschloss, im Anschluss daran seine Mutter zu besuchen, die im ganzen Trubel um Maddie etwas vergessen wurde.

Die Herbstsonne vermochte den Tag so zu erwärmen, dass Gregs Mutter und er einige Zeit auf der Veranda des Altenheimes verbrachten. Mam nahm die Meldung von Maddie mit einer stoischen Ruhe auf. Erst als er sich zu ihr beugte, bemerkte er eine kleine Träne im Augenwinkel der alten Frau. Sie nahm seine Hand und fragte Greg, wie es um ihn steht, er antwortete mit einem Satz „Es geht." Als er mit seiner Antwort geendet hatte, kam ihm der Gedanke an den Mann in den Sinn, den er beim letzten Besuch bei seiner Mutter gesehen hatte. Die Frau mit den weissen Haaren sah sich Ihren Sohn an, auf den Sie ausserordentlich Stolz war und entgegnete ihm „Er ist nicht hier. Such ihn nicht. Er wird sich dir wieder zeigen, wenn du die richtige Entscheidung in deinem Leben getroffen hast." Sie strich im liebevoll, wie es nur eine Mutter tat, über die Wange und lächelte. Greg klangen Ihre Worte noch lange in den Ohren. Wie schon so oft. Er wusste aus der Vergangenheit, dass die Voraussagen seiner Mutter meist eintreten und wahr werden. Sie erkannte in Gregs Gesicht, was in ihm vorging. Sie nahm seine Hand in die Ihre und sagte mit leiser Stimme zu ihm. „Es ist an der Zeit, dass du die Zeichen um dich herum erkennst und ihnen vertraust. Ich bin mir sicher Sie sind dir bereits über den Weg gelaufen. Du musst Sie nur erkennen. Öffne die Schwingen des Adlers und flieg damit du deine Bestimmung siehst. Schärfe den Verstand des Raben um die richtige Situation zu erkennen und mache dich bereit zum Sprung wie der Wolf um zur richtigen Zeit dort zu sein wo du erfolgreich bist." Mit diesen Worten und einer innigen Umarmung verliess Greg seine Mutter und fuhr nach Hause. Der Besuch dauerte nicht lange. Aber die Begegnung war intensiv verlaufen. Nachdem er in Nanaimo einige Einkäufe getätigt hatte, fuhr er nach Hause und wartete auf Nachricht aus dem General Hospital in Vancouver.

Einige Tage nach dem Will mit seinen Jungs nach Vancouver waren die drei wieder zu Hause. Silas wurde von den Ärzten für Maddys Spende ausgewählt. Er war stolz darauf, damit seiner kleinen Schwester geholfen zu haben. Clark war insgeheim froh, dass er nicht gewählt wurde. Nicht das er das nicht über sich hätte ergehen lassen, aber Spritzen und Kanülen sind nicht seine Sache, davon wurde es ihm übel und er hatte es genossen, für einmal in der Grossstadt Vancouver gewesen zu sein. Nach weiteren drei oder vier Tagen kam die Meldung, dass die Therapie bei Maddie verheissungsvoll anschlug und es ihr bereits viel besser geht als erwartet. Man stellte sogar in Aussicht, dass die Kleine für die weitere Behandlung ins Spital nach Nanaimo werde, um näher bei der Familie zu sein. Die Zeit verging wie im Fluge und drei Monate nach der Einlieferung ins Spital war Maddie wieder zu Hause. Rechtzeitig, um bei den Vorbereitungen zu der Weihnachtsfeier mit zu helfen.

Greg und die ganze Familie waren erleichtert über Maddies Zustand, obwohl die Angst nach einem erneuten Ausbruch der Krankheit latent vorhanden war. Aber die Swifts waren eine positiv eingestellt Truppe und dachten in solchen Angelegenheiten nicht an morgen, sondern genoss den Tag heute. Greg kamen öfters die Worte seiner Mutter in den Sinn. Das wirkte gut auf ihn. Seya war immer präsent und ist ihm noch ein oder zweimal in Gedanken vorgekommen. Dabei kam in ihm ein angenehmes warmes Gefühl hoch.

Massive Winde fegten über die Inseln im Strait of Georgia und den Küstengebieten von Vancouver Island. Im Landesinnern waren die Stürme so heftig", dass ganze Häuser abgedeckt wurden und die Versorgung mit Elektrizität in der Umgebung von Nanaimo zeitweise zusammengebrochen ist. Die Fähr- und Flugverbindungen auf das Festland wurden eingestellt. Die Bewohner von Gabriola Island treffen die Unwetter hart. Diverse Häuser sind eingedrückt, abgedeckt oder sonst wie beschädigt worden von den massiven Winden. Was nicht dem Sturm zum Opfer fiel, wurde von den nachfolgenden sintflutartigen Regengüssen geflutet oder unterspült und brachen infolge der Wassermassen ein. Das Haus von Melia hatte Glück. Es war eines der wenigen, das aus Stein gebaut wurde und solchen Ereignissen relativ mühelos standhielt. Beim Haus von Greg waren die Schäden in einem vertretbaren Rahmen. Die Glas Schiebetüre auf die Veranda wurde durch ein Stück Holz, das vom Wind hinein geschleudert wurde, eingeschlagen. Dadurch erlitt er einen Wasserschaden, durch den nachfolgende Regen, der ihm in das offene Haus kam. Dieser hatte die dahinterliegenden Räume völlig durchnässte und das Interieur wurde unbrauchbar. Sein Schuppen wurde ein Opfer des

Sturmes mit dem gesamten Inhalt. Dieser lag zwar zu gewissen Teilen in der näheren Umgebung verteilt, aber das meiste war futsch und zerstört. Das Einzige, was wie ein Mahnmal stehengeblieben ist, war der Waffen-schrank mit den Gewehren und der Munition. Dieser Sturm dauerte etwa 24 Stunden an und flachte dann so schnell ab, wie er gekommen war. Um mit anschliessendem Sonnenschein die Betrof-fenen zu ärgern und Ihnen zu zeigen, wer der Herr im Hause ist. Die Aufbauarbeiten dauerten über alles gesehen nicht so lange wie erwartet und innerhalb kürzester Zeit hatten die meisten Bewohner der Insel wieder eine Bleibe und ein Dach auf dem Kopf. Das Haus von Greg konnte mit Hilfe von Kewi und Will schnell repariert werden und die neuen Möbel waren kaum bestellt schon geliefert. Dies alles mit Hilfe der regionalen und nationalen Hilfskräfte die den Betroffenen Beistand leisteten und die Infrastruktur wie Strom, Wasser und Abwasser wieder zum Funktionieren brachten. Was übrig blieb, war die Vorstellung und die Angst vor einer weiteren Naturkatastrophe wie dieser. Obwohl die Spezialisten diesen Sturm als ein Ereignis klassifizierten, das höchstens alle einhundert Jahre einmal vorkam, blieb die Angst bei weiten Teilen der Bevölkerung bestehen. Um diese Wunde zu heilen, würde es Zeit und viele Gespräche benötigen. Greg war sich der Angst der Bewohner bewusst und Sie war nachvollziehbar für ihn. Den Sturm selbst, hat er mit seinem Hund Mad in Sicherheit in einer Höhle verbracht. Diese kannte er, seit seiner Kind-heit. Er war heilfroh, dass niemand von seiner Familie durch den Sturm Schaden genommen hatte. Er dachte nicht weiter darüber nach und stürzte sich in seine Arbeit.

Am Abend berichteten die News im TV, dass zerstörerische Naturereignisse auf der ganzen Welt toben. Insbesondere fegten zur genau derselben Zeit Stürme über Nordeuropa hinweg. Ihm kam seit langem Seya wieder in den Sinn und die Wärme kam in ihm hoch, wenn er ihr jeweils nachsinnierte. In jenem Moment war er sich bewusst, wie er dieses Gefühl doch vermisst hatte. Plötzlich kam in ihm ein Verlangen nach Weisswein hoch, unerklärlich woher. Er fuhr in Cove Inn zu Barbie in dem Bewusstsein, dass er dort sicher ein Bier bestellt und keinen Wein.

Seya hatte ein beklemmendes Gefühl, als meterhohe Wellen den Oslofjord heimsuchten und Verwüstung und Zerstörung hinter sich liess. Im Hafen der Siedlung hatte der Sturm einig Boote ineinander geschleudert, Masten sind geknickt worden wie Streichhölzer, ganz zu schweigen von den Bootsstegen die es aus den Verankerungen gerissen hat und jetzt irgendwo in der Bucht umhertrieben. An Ihrem Haus ist glücklicherweise ausser einigen abgedeckten Dachziegeln und einer davongeflogenen Veranda alles heil geblieben. Aber Snarøya ist so, wie es am Fernsehen geschildert wird mit einem blauen Auge davon gekommen. Andere Regionen um Oslo und die Stadt selbst hat es massiver erwischt. Ihre grösste Sorge galt ihrem Grossvater. Seine Altersresidenz evakuierte Notfall mässig und die Bewohner wurden in eine sichere Unterkunft am Rande der Stadt gebracht. Zwei Tage später hatte Seya wieder Strom und Wasser in ihrem Haus und erkundigte sich nach Ihrem Grossvater. Sie vereinbarte mit der Heimleitung, dass Sie ihn zu sich holen kann und er vorübergehend in Ihrem

Haus bleiben durfte. Sie half, wo und wie sie nur konnte. Sie nahm von den Bekannten zwei weitere Katzen auf, stellte einen Mittagstisch auf an der sich die Kinder der Nachbarn, die alleine zu Hause waren, verpflegen und konnten mit Anderen spielen, bis die Eltern wieder zurück waren. Vater und Mutter in Drammen und Ihrer Schwester Lina mit ihrer Familie ging es gut. Beide bekamen von dem Unwetter nichts mit. Zum Glück. Beim Herrichten des Gartens vernahm Sie, dass an der Westküste Kanadas heftige Stürme gewütet haben. Das Blut schoss ihr in den Kopf und Sie dachte an Greg und seine Familie. Ihre Gedanken kreisten in ihr und um sie herum. Sie empfand einen grossen Drang, die Nähe von ihm zu spüren oder zumindest seine Stimme zu hören. Sie kämpfte mit sich, ihn anzurufen, doch sie liess es sein. Sie kannte seinen momentanen Beziehungsstatus nicht. Ob Greg in der Zwischenzeit eine Freundin hat, überlegte Sie sich. Wie würde das aussehen, wenn eine Frau aus Norwegen ihn in Kanada anrufen würde. Doch sicher war Sie sich nicht mit dem Telefonat und Sie wäre nicht erstaunt, wenn Sie sich selbst am Telefon erwischen würde, um Greg zu kontaktieren. Es ist ja schon eine Weile her, seit dem Kongress und wer weiss, vielleicht hatte er Seya auch vergessen.

Der Alltag hatte Sie schneller im Griff, als Ihr lieb war. Grossvater kehrte in der Zwischenzeit in seine Residenz zurück. Auch ihn hatte das Tagesgeschäft wieder fest im Griff. Seya lies der Gedanke an Greg nicht los doch sie war stark bis zu dem verflixten Moment an einem Samstagabend, an dem Sie wie von Geisterhand seine Nummer wählte.

Greg hatte gut geschlafen und er genoss sein Frühstück, er las nebenbei die Tageszeitung. Da läutete sein Smartphone, er schaute auf das Display erkannte aber die Nummer nicht und nahm den Anruf entgegen. „Ja," meldete er sich und verstummte. Er vernahm Ihre Stimme. „Bist du noch dran Greg?" Tönte es aus dem Telefon. „Ja, ja," gab er erstaunt zur Antwort. „Schön von dir zu hören," gab er verlegen zu und fiel dabei fast vom Stuhl. Nach den zwei Millisekunden als es ihn vom Hocker gehauen hatte, antwortete er „Was führt dich dazu, mich anzurufen?" „Nun ich habe ein strenge Zeit hinter mir und es waren einige Dinge vorgefallen, die mir echt an die Nieren gegangen sind." „Da könnt ich dir auch ein Lied davon singen. Auch bei mir ging so einiges ab in letzter Zeit." Unterbrach sie Greg. Das Telefon dauerte über zwei Stunden, bevor sie den Hörer auflegten. Bei beiden schlug der Puls so schnell, wie Sie einen Marathon hinter sich gebracht hätten. Der Ausstoss der Glückshormone schoss bei Ihnen beiden durch die Decke und Sie waren in sich trunken vor Glück. Sie hatten vereinbart, dass sie sich vermehrt anrufen werden. Aus dem vermehrt wurde ein täglich und Sie erzählten sich alle Ihre Ereignisse mit Ihren Familien, ihren Erscheinungen und weiteren Geschichten. Nach einem Telefonat besuchte er im Anschluss daran seine Mutter und sprach mit ihr von den Gesprächen mit Seya. Sie lächelte, strich ihm wie schon öfters über die Wange und sah mit Ihrem sanften Blick in seine Augen. Dieser genügte ihm, um seine Mutter zu verstehen und zu wissen, was Sie in ihr vorging. „Achte auf die Signale und halte Sie fest, wenn du Sie erkennst!" Mahnte ihn seine Mutter. Er verliess Sie mit einigen Runzeln auf der Stirn. Wie sollte er welche Zeichen erkennen und wie konnte dies vor sich gehen bei einer Distanz von tausenden Kilometern zwischen Seya und ihm, wenn es dann überhaupt sie war, fragte er sich insgeheim.

In seinen Gedanken vertieft über die Zeichen, die seine Mutter angesprochen hatte, wollte er einen Beweis, etwas Konkretes, dass die gemeinsamen Erlebnisse der beiden wirklich nur für Sie waren. Es kam in ihm eine Idee auf, für diese benötigte er aber die Hilfe von Seya. Auf der Heimfahrt schaute er bei der Familie Swift vorbei und kam gerade rechtzeitig zum Nachtessen. Sie assen alle fünf zusammen am grossen Tisch im Esszimmer. Nach dem Essen spielte er mit den Jungs trotz kaltem Wetter und der einbrechenden Dunkelheit einige Körbe. Maddie war enttäuscht von Greg, da Sie das Spiel blöd fand, sie zu klein war dafür und überhaupt. Ihr Onkel versprach Ihr vor dem Einschlafen eine Geschichte zu erzählen. Damit war der Deal perfekt und abgeschlossen. Nach seinen „Kinder Pflichten" setzt er sich mit einem Bier in der Hand mit seiner Schwester an einen Tisch und sie sprachen über Gott und die Welt. Greg schweifte immer wieder zu Seya ab. Melia lächelte in sich hinein und ihr Bruder kam ihr vor wie ein verliebter Kater. Zu Hause war, legte er sich in den neuen Fernsehsessel und zappte sich durch sämtliche Programme. Doch nichts fand sein Interesse. Er schaltete den Fernseher aus und bewegte sich ins Bett.

Früh am Morgen wurde er durch die bekannte kalte Hundeschnauze von Mad geweckt. Es war schon über 9 Uhr und er hatte tief und fest geschlafen. Es war ausgemacht, heute mit Kewi die Angel auszuwerfen. Kaum fertig erinnert, hörte er ihn mit seinem Wagen vorfahren. Er sprang aus dem Bett, krallte sich die Hose und ein Hemd, das auf dem Stuhl lag und rannte, gefolgt von Mad nach draussen. „Hey du Schlafmütze komm schon, wir sind spät dran die Fische steigen." Die Angelausrüstung im neuen Schuppen gepackt, auf den Wagen geworfen und Mad auf die Ladenfläche gejagt brausten die beiden ab. Sie nahmen die südliche Küste ins Visier dort, wo sich der Strait of Georgia in die offene See ergiesst. Dies war um die Zeit der beste Spot für die Küstenfischerei. Einen Stopp beim Cove Inn für einen Kaffee und dann ab an die Küste. Sie waren innert kürzester Zeit schon erfolgreich mit Fischen und erlaubten sich ein Feuer, zu entzünden und einen Teil der Beute frisch darüber zu braten. Sie sassen auf den Klippen und assen ihren Fisch, da fragte Kewi „Sag mal hast du eigentlich noch Kontakt zu der Bekanntschaft aus der Schweiz?" Ihm schwollen die Halsadern an und er holte zuerst tief Luft und antwortete nur „Melia, das Lästermaul!" Kewi lächelte. „Greg du kennst Melia. Sie macht sich auf die eine Seite Sorgen um dich und auf die andere Seite freut Sie sich, dass du....... Ja nun sagen wir mal eine Bekanntschaft gemacht hast. Lass es gut sein. Die musst mir nicht antworten aber du musst dir meine Meinung dazu anhören." „Wieso muss ich mir deine Antwort dazu anhören?" Fragte Greg. „Nun gut ich habe den Autoschlüssel, ich besitze die Freiheit, zu sagen was ich will und wem ich will und drittens habe ich meinen besten Freund bei mir, dem seine Gemütsverfassung mir nicht egal ist." Beendet er seinen Satz und schaute Greg fragend an. „Das letzte Mal als du soviel gesprochen hast, war glaube ich an der Hochzeit deiner Schwester. Aber da hattest du schon einige Bier in dich hineingeschüttet." „Nichts sagen heisst nicht, dass man nicht denken und beobachten darf. Sei froh und nimm es als Freundschaftsbeweis, dass ich dich frage." Greg überlegte wann er Kewi, ausser an der besagten Hochzeit, mehr sprechen gehört hat als vorhin. Er konnte sich nicht erinnern. Schon in der Schule dachten zuerst gewisse Lehrer und Schüler er sei stumm. Im Gegenteil Kewi drückte sich klar und prägnant aus. Sein Leitspruch war, dass auf der Welt soviel gesprochen werde, da brauche er nicht auch noch etwas hinzuzufügen. Aber Kewi hatte einige persönlich Besonderheiten, um die er ihn beneidete. Er konnte schweigen und er war in allem was mit Handwerk, der Jagd, dem Fischen oder dem Wissen über die Tiere Greg hoch überlegen. Aber die eigentliche Kunst von Kewi waren nicht diese vorgenannten Eigenheiten, nein. Er setzte sein Handwerk und Wissen immer für die Allgemeinheit ein. Greg erinnerte sich an einen Jagdausflug mit Kewi, sie waren schon stundenlang durch das Jagdgebiet gestapft und hatten weder eine Spur von Wild noch ein Wildtier selbst gesehen. Bei einer Rast sagte Kewi zu der Jagdtruppe sie sollen einen Moment an der Raststelle verharren und stapfte wortlos in den Wald zurück, aus dem Sie gekommen waren. Kurz Zeit darauf fiel ein Schuss und alle lachten, jeder wusste, Kewi schiesst, nur wenn er sicher ist zu treffen, und er kam nie ohne Beute nach Hause. Er hatte einen Elch erlegt und alle

Anwesenden, die dabei waren, bekam ein grosses Stück davon ab. Einen Teil des geschossenen Tieres und das Fell legten Sie beiseite. Der war für die alten Leute der Salish. Die Tradition gab das so vor, und Kewi hielt sich daran.

Die beiden nahmen mit Mad den Heimweg in Angriff. Zu diesem Zeitpunkt wusste sein Freund alles, was von Nöten war über Greg, Seya den Kongress und seine momentane Gemütslage. Greg hatte ihm von seiner Vermutung erzählt, dass die verschiedenen Vorkommnisse vielleicht einen Zusammenhang hatten und er das in den nächsten Tagen gerne herausfinden möchte. Bei der Rückfahrt schauten sie schnell beim Cove Inn vorbei und tranken zusammen einige Biere und quatschten mit den anderen an der Theke über Gott und die Welt. Barbara schenkte aus und beteiligte sich an den Gesprächen mit den anwesenden Gästen. Es war eine lockere, unbekümmerte Stimmung und es waren die Richtigen an der Theke im Cove Inn. Die Runde löste sich langsam auf und alle bezahlten und bewegten sich nach Hause. Greg beglich seine Drinks. Kewi stand, ohne zu bezahlen, auf und schlenderte nach draussen zum Wagen. Keiner störte sich daran, den jeder kannte die Geschichte, warum Kewi nicht bezahlte. Er hatte Freibier für sein ganzes Leben bei Barbara, denn er hatte sie vor dem sicheren Tod bewahrt, auf einer Bergtour blieb sie verletzt liegen. Ein Berglöwe sie bedrohte und betrachtete Sie als willkommenes Mahl. Kewi war unweit davon auf der Jagd und hörte sie rufen. Er eilte ihr zu Hilfe und brachte das Tier von seinem Vorhaben ab, ohne es zu erschiessen oder zu verletzen. Wortlos schulterte er damals Barbi und transportierte Sie mit einem offenen Bruch, des rechten Wadenbeines ins nächste Dorf von wo Sie ins Spital gebracht wurde. Für Kewi war das eine Selbstverständlichkeit, für Sie die Rettung ihres Lebens. Daher hatte er Freibier und im Dorf respektierten das alle. Denn Sie kannten Kewi. Er würde das, ohne zu fragen, für jeden in dieser Situation tun. Als Greg zu Hause war, schrieb er diese Vorkommnisse die ihm und seiner Familie widerfahren sind in eine Mail. Tabellarisch, versehen mit dem Zeitraum und dem Datum, an dem es geschehen war und schickte es Seya. Darin bat er Sie, Ihre Erlebnisse doch mit den seinen abzugleichen, um zu klären, ob es Gemeinsamkeiten oder gewisse Muster zwischen den einzelnen Vorgängen zu erkennen sind. Als er die Mail abgeschickt hatte, packte er einige Fische, die er gefangen hatte in eine Tüte und fuhr zu Melia. Bei Ihr angekommen war die gesamte Familie beim Abendessen versammelt und begrüssten ihn herzlich, als er eintrat. Sofort legte Melia ein weiteres Gedeck auf und schöpfte für Greg einen grossen Löffel von der Fischsuppe, wie sie nur seine Schwester kochte. Inzwischen legte er die Fische auf die Küchenablage. Sofort waren die beiden Jungs auf den Beinen und begutachteten den Fang. Maddie waren die Fische egal, Hauptsache Ihr Lieblingsonkel sass wie immer neben Ihr am Tisch um mit Ihnen zusammen essen. Mad, Gregs Vierbeiner nahm zwischen den Jungs Platz, da er darauf abzielte, dass bei einem der beiden etwa für ihn abfällt. Als Sie das Essen beendet hatten, setzten sich die männlichen Mitglieder der Familie vor den Fernseher und schauten sich das Spiel der Vancouver Canucks an. Es war eine der ersten Begegnungen in dieser Saison und der absolute

Lieblingsverein der Familie Swift und somit selbstredend auch von Greg. Maddie spielte mit Mad und versuchte, ihn mit diversen Bändern und Schleifen aus der Bastelkiste zu verschönern und aufzupeppen. Der Hund liess das bereitwillig über sich ergehen, Hauptsache er konnte dabei auf der Seite liegen bleiben. Nach dem Spiel verabschiedete sich Greg und machte sich zusammen mit Mad auf den Heimweg.

Zu Hause angekommen steuerte er geradewegs auf seinen Laptop zu, um den Maileingang zu kontrollieren. Nebst einigen Meldungen geschäftlicher Art war keine Mail von Seya bei ihm angekommen. In der Küche schenkte er sich ein Glas Wasser ein und in diesem Moment ertönte das Eingangssignal einer Nachricht. Er schlenderte zum Tisch, auf dem der Laptop stand, öffnete das Postfach und sah die Mail von Seya. Er las und was er vernahm, erstaunte ihn nicht. Alle die von ihm und Ihr aufgeführten Vorkommnisse geschahen in den gleichen Zeiträumen und mit ähnlichen Personen oder Gegenständen von Greg und Seya. Jetzt hatte er einen ersten Schritt seiner Vermutung bestätigt, was aber nicht bedeutete, dass damit zwischen Ihnen etwas werden entstand.

Seya war den ganzen Tag mit einer Freundin auf Shopping Tour in Oslo und zogen einen richtigen Frauentag ein. Mittags assen sie in einem der schicken Fischrestaurant in Akker Brygge einem Stadtteil von Oslo der massiv modernisiert und dem neues Leben eingehaucht wurde. Die beiden Frauen waren mit dem Mittagessen fertig und traten langsam den Heimweg an. Dabei bemerkte Seya auf

Ihrem Mobil den Eingang einer Mail aus Kanada von Greg. Ihr Herz schlug einen Moment schneller und ein Lächeln huschte über Ihr Gesicht. Sie war zu nervös, um die Nachricht jetzt zu konsultieren. Sie wird diese erst daheim in aller Ruhe öffnen und lesen. Gegen fünf Uhr verabschiedeten sich die beiden voneinander und fuhren nach Hause. Es war spät im Herbst und die Abenddämmerung hatte eingesetzt, als Seya die Tür zu ihrem Daheim öffnete, wurde sie von ihren beiden Stubentigern begrüsst. Sie gab den Katzen ihr Futter, verpackte die Einkäufe, zog sich etwas Bequemes an und setzte sich mit dem Laptop auf den Beinen in den Ohrensessel. Sie zitterte am ganzen Körper, während sie die Nachricht von Greg öffnete und las halblaut vor sich hin. Sie überflog die Zeilen und musste die Mail zweimal lesen, um es zu verstehen. Ein Kloss im Hals zwang Sie zum Schluchzen und somit heulte Sie nicht gleich los. Sie merkte wie Sie Greg vermisste. Erklärbar war es für sie, eine rational denkende Person nicht. Die Wahrnehmung um die Begriffe warum, wieso und weshalb funktionierte bei ihr nicht mehr. Aber eines war ihr klar, die Gedanken an Greg lösten tief in Ihrem Inneren Gefühle aus, die Sie nicht kannte. Sie lies die Mail noch einmal durch und druckte die Nachricht aus. Faltete Sie zusammen und steckte Sie in die Handtasche. Sie wollte morgen, bevor Sie Greg antwortete, Grossvater dazu befragen.

Es war ein sonniger, aber kühler Tagesanfang und Seya bereitete sich eine Tasse Kakao zu und ein für Sie opulentes Frühstück mit allem Drum und Dran. Käse, Früchte, Gurken- und Tomatenschnitze und einige Scheiben Schinken. Am Tisch sitzend ass Sie mit Blick auf die Bucht und den dahinter liegenden Fjord. Eine der beiden Katzen sass ihr auf dem Schoss und gab ihr eine wohlige Wärme ab. Mit dem Frühstück fertig, das Geschirr abgeräumt und in der Abwaschmaschine verstaut war, setzte Sie sich in den Ohrensessel und las die ausgedruckte Mail von Greg einige Male durch. Sie wusste nicht, was Sie von der Zusammenstellung der verschiedenen Ereignisse halten sollte. Sie war eine rational denkende Person, welcher solche Vorgänge und Geschehnisse noch nie untergekommen sind und Sie im Moment nicht so recht wusste, wie sie sich verhalten sollte. Sie kannte Greg von zwei Gesprächen und mehr nicht. Doch war er ihr näher im fernen Kanada als manch anderer. Was aber, wenn an diesen Zufällen etwas dran ist? Was aber wenn dies die Chance wäre auf die Sie schon die längste Zeit hoffte? Warum sich nicht darauf einlassen? Was hatte Sie zu verlieren, nichts ausser einer weiteren Enttäuschung in Ihrem Liebesleben. „Wer nicht wagt, gewinnt nicht!" Sagte Sie zu sich, und beantwortete die Mail, so wie sie es dachte und es für sie nachvollziehbar war. Sie schickte die Nachricht aber nicht ab. Sie besuchte zuerst ihren Grossvater, um den wöchentlich und obligatorischen Nachmittags Kaffe zu geniessen. Sie zog sich die dicke warme Jacke an, die Wollmütze auf Ihren Wuschelkopf und die Handschuhe montiert fuhr Sie auf ihrem Rad zur Residenz, in der er wohnte.

Bei Grossvater angekommen, sass er in der Orangerie, die nach dem Sturm wieder in standgestellt worden war. Sie erstrahlte in ihrem glänzenden Weiss und die Sonne schien wärmend durch die Verglasung. Grossvater sass auf seinem Sessel wie immer und las in einem Buch über die Seefahrt. Er erhob sich, als Sie das Café betrat und ging einige Schritte auf sie zu. Sie umarmten sich und setzten sich an das Bistro Tischchen, an dem er schon vorher sass. Seya holte für sich beide eine Tasse Kaffee, stellte diese auf den Tisch, zog Schleife und Mantel aus und setzte sich neben ihn. „Wie geht es dir heute?" Fragte die Enkelin zum Gesprächseinstieg. „Gut" kam es zurück. „Und du?" Sie holte Luft, bevor eine Antwort folgte. „Auch gut…….. Wenn nicht diese Sache wäre." „Diese Sache mit dem kanadischen Indianer." Lachte Grossvater leise vor sich hin „Das ist nicht anständig von Dir ihn so zu bezeichnen." Widersprach sie seiner Aussage. „Alles klar, ist mir so rausgerutscht. Ist sicher ein guter Kerl." Rettete er sich aus der Misere. „Also was hältst du davon." Seya reichte Grossvater die Mail von Greg mit seinen Ausführungen und der Auflistung der vorgekommenen Fälle. Er las das Papier sorgfältig durch und gab es Ihr zurück. Dann lehnte er sich in den geflochtenen Sessel und sagte. „Die Frage stellt sich doch will man an solche Ereignisse denken und glauben, wen ja wie weit ist man bereit sich darauf einzulassen und welches Risiko gehe ich damit ein? Das sind die Fragen, die sich mir beim Lesen dieser Nachricht stellen." Sie sah ihn an und schaute fragend in seine Augen. „Ja doch, ich denke schon, dass es etwas gibt zwischen Himmel und Erde das wir nicht erkennen können uns aber geschieht. Nicht alles zwischen Himmel und Erde muss erklärbar sein, denke ich. Ich könnte mir auch vorstellen, mich ein Stück weit darauf einzulassen und das Risiko, dass irgend etwas geschieht was einen Schaden anrichten könnte ausser einer weiteren Enttäuschung schätze ich als nicht sehr hoch ein." Konterte Sie die Fragen von Grossvater. „Also was zögerst du? Schick Ihm deine Antwort und schau was geschieht. Du kannst immer noch die Handbremse ziehen, wenn es dir zu heiss wird." Sie nahm seine Aufrichtigkeit in seinen Worten spürbar wahr und erkannte, sie würde Greg antworten. Alsbald wechselten Sie die Thematik und kamen in ein belangloses Gespräch über die alltäglichen Vorkommnisse. Eine Weile später verliess Seya die Altersresidenz, jedoch nicht bevor Sie nicht noch einmal Ausschau gehalten hatte über die Frau mit den weissen Haaren. Sie entdeckte Sie nirgends. Zum Abschied erwähnte Grossvater ihr gegenüber nur, dass er einen solchen Anzug wie ihn Greg beschrieben hatte besitze. Die Anstecknadel sei ihm bekannt, die habe er anlässlich eines Stapellaufes von der Reederei erhalten. Mit etwas verdutztem Gesicht blieb Seya vor der Ausgangstüre stehen, zu der er Sie begleitet hatte, schaute ihn an und lief davon. Es war am Dämmern, als Sie das Fahrrad in die Garage stellte und in das Haus eintrat. Drinnen wurde Sie von ihren beiden Katzen herzlich begrüsst und umkreist mit der Hoffnung, ihr Fressnapf werde gefüllt. Was Sie dann auch tat. Sie verteilte auf die beiden Näpfe je eine Portion Futter stellte Ihnen frisches Wasser hin und setzte sich daran die am Vorabend verfasste Antwort für Greg ein wenig zu redigieren und dann zu senden. In der Hoffnung auf Bericht.

Greg las die Mail von Seya mehrfach durch und fuhr zu Melia. Es war Sonntag und Will hatte Wochenenddienst auf der Fähre. Er war sich sicher, dass seine Schwester zu Hause war und einen kleinen Rat für Ihren Bruder hat. Als er das Haus der Familie Swift betrat, schlug ihm ein Duft von gebratenem Fleisch in die Nase und er bemerkte, dass er einen Mordshunger hatte. Melia stand in der Küche zwischen dampfenden Pfannen und Schüsseln von vorbereitetem Gemüse und Salat. „Hey, kleine Schwester!" Neckte er sie zur Begrüssung. „Hast du heute eine Armee zu versorgen?" Fragte er Sie angesichts der Mengen, die in der Küche aufgestapelt waren. „Ja so ungefähr!" Antwortete Sie mit einem Lächeln auf dem Gesicht. „Die Jungs durften Ihr Lacrosse Team einladen zu dem sensationellen Abschneiden in der vergangenen Meisterschaft." „Und das Ganze kochen und vorbereiten stemmst du alleine?" Fragte er Sie verwundert. „Nein, nein! Beruhigte sie ihn. Es kommen in den nächsten Minuten noch einige kräftige Hände dazu, die mir helfen." Es erschloss sich ihm von alleine, warum Will die Schicht abgetauscht hatte mit einem Arbeitskollegen. Greg wurde seiner Vorstellung beraubt mit Melia zu reden. Er fing an, bei den Vorbereitungen mit zu helfen. Die Unterstützungstruppe von drei weiteren Müttern der Teammitglieder trafen ein. Als sie Greg sahen, war die Arbeit nur Nebensache und die Frauen waren entzückt darüber eine Hilfe wie ihn neben sich zu haben. Melia verdrehte mehrmals die Augen als die Damen versuchten Greg um den Daumen zu wickeln. Insgeheim war Sie aber sehr Stolz auf Ihren Bruder. Sie konnte sich mit Ihrer Familie immer auf ihn verlassen und er hatte sein Herz am rechten Fleck. Er war durch und durch einer der Ihren und er stand dazu einer der First Nation zu sein. Er versuchte das Gedankengut der

Salish, an Ihre Kinder und den Jüngsten auf der Insel beizubringen und es somit zu erhalten. Wäre Sie nicht die Schwester von Greg, so wäre er mit ziemlicher Sicherheit ihr Traummann. Sie beklagte sich nicht, Sie hatte Ihren Wunschtraum von einem Mann und Vater in Will gefunden. Er war von derselben Art wie Greg. Das Einzige, was Sie unterschied, war die Tönung der Haut, die Kochkünste und die Abstammung der First Nation. Aber der darüber beklagte Sie sich in keiner Art und Weise. Er war weisser Hautfarbe, trotzdem waren seine Kenntnisse über die Gebräuche, Riten und Traditionen der Salish grösser als bei manch einem der direkt von diesem Stamm abstammte.

In der Zwischenzeit sind allmählich die Jungs eingetroffen. Die meistern kannte Greg von den Spielen her die er regelmässig besuchte vor allem, um seine beiden Neffen Craig und Silas zu unterstützen. Es war ein gelungener Anlass und die Jungs genossen das Essen. Sie schätzten es, dass Sie aufgrund Ihrer Leistung der letzten Saison eingeladen wurden. Ihre Trainer Marc und Kaine, die beide in der höchsten Lacrosse Ligue von den USA und Kanada gespielt hatten, waren berührt von der Geste, die Melia mit den Frauen Ihnen zu kommen liess. Beide Coachs wurden von den Jungs mit einem Präsent beschenkt und sagten damit Danke für den Einsatz. Beim Überreichen der Geschenke wischten beide Coachs eine kleine Träne im Augenwinkel ab. Als sich der Anlass dem Ende zuneigte, machte sich das ganze Team daran, die aus der Scheune stammenden Tische und Stühle zu versorgen. Einige halfen in der Küche mit und andere versuchten sich an der Spüle. Als Will von seinem Sonntagseinsatz nach Hause kam, war von der Feier nichts mehr zu sehen und das gewohnte Ritual mit Fernsehen und Hockey schauen nahm seinen Lauf. Greg schnappte Mad und fuhr nach Hause. Er war hundemüde und ohne einen Gedanken an die Antwort von Seya zu verlieren legte er sich schlafen. Er würde morgen mit Melia seiner Schwester über die Nachricht von Ihr sprechen und Sie um Rat fragen.

Am nächsten Morgen standen bei Greg zuerst einige Video Konferenzen an und anschliessend verfasste er einen Bericht für einen Kunden verfassen, bevor er zu Melia fuhr. Bei seiner Schwester angekommen, war es früher Nachmittag und Sie stopfte die nächste Wäsche in die Waschmaschine, als er in das Haus eintrat. „Na Schwesterchen wie geht es dir?" „Dir anscheinend besser als mir, wenn du mitten im Nachmittag Zeit findest deine Schwester zu besuchen und von der Hausarbeit abzuhalten." Gab Sie ihm zur Antwort. Er lächelte, schenkte zwei Tassen Kaffee ein und setzte sich an den Tisch. Nach einigen Minuten gesellte sich Melia zu ihm und Sie las den Mailverkehr, den Ihr Greg vorgelegt hatte. Sie las das Papier und runzelte während des Lesens ein- zweimal die Stirn legte das Schreiben zur Seite, sah ihren Tischnachbar an und fragte ihn, „was sagt dein Herz dazu?" Mit dieser Frage hatte er nicht gerechnet und schaute Sie verdutzt an. „Eigentlich wollte ich von dir hören, ob diese Vorkommnisse etwas bedeuten könnten wenn Sie zwei Personen fast zur gleichen Zeit an verschiedenen Orten der Welt geschehen?" „Das kann ich dir womöglich erst in der Zukunft beantworten. Aber dann bist du der Erste der die

Antwort kennt und brauchst von mir keinen Kommentar mehr. Aber überleg dir doch einfach einmal wieviel Male haben dir die Vorzeichen und Zeichen unserer Ahnen den Weg gewiesen. Bist du schon jemals getäuscht oder enttäuscht worden? Wenn ja, dann bin ich überzeugt lag es an deiner Fehlinterpretation oder Fehldeutung der Zeichen. Aber nicht an der Voraussage der Ahnen. Wir beide wissen von unseren Eltern und Grosseltern, dass es Dinge gibt die wir nicht erklären können. Das bedeutet aber noch lange nicht, dass wir Ihnen nicht folgen können. Der Preis den du dabei gewinnst gehört dir. Greg, wir beide haben noch das Privileg diese Zeichen zu erkennen und halbwegs zu deuten. Meine Kinder und allenfalls auch deine werden dies schon nicht mehr haben und irgendwann stirbt diese Fähigkeit aus. Also nutze sie wenn du noch kannst." Endete Sie mit nachdenklichem Gesicht. „Lass dich darauf ein Greg, ruf Sie an vereinbare mit ihr ein Treffen aber lass die Zeichen nicht unbeachtet an Dir vorbeiziehen." Er kannte, seine Schwester, Sie hatte recht und meinte es aufrichtig mit ihm. Nur wie soll die Geschichte weiter gehen. Was ist der folgende Schritt und wer geht das Ganze an. Greg verliess Melia mit einer dicken Umarmung und fuhr nach Hause. Er studierte stundenlang und es war ihm klar, eine Lösung musste gefunden werden, um zumindest sich aber auch Seya Sicherheit zu geben. Sein Grübeln brachte ihn nicht zur erwünschten Lösung. Als Kewi zu ihm kam und sie darüber sinnierten, wie er diesen Beweis antreten könnte, kamen ihnen keine nennenswerten Antworten in den Sinn. Er war sich über gar nichts im Klaren. Weder die Art der Lösung, noch der Zeitraum, wann Resultate vorlegen sollten, noch wie er diesen Schritt wieder erkennen konnte. Er war ratlos zusammen mit Seya im weit entfernten Norwegen.

Aufgrund des Sturmes hatte es auf Gabriola Island viele Gärten und Bäume beschädigt. Es wurde beschlossen, diese wieder in Stand zu stellen, damit wurde zu gewartet, da die Pflanzen infolge des Ereignisses Mangelware sind und erst einige Zeit nach der Fertigstellung der Gebäude geliefert wurden. Somit ergab sich, ein Ausnahmezustand an Garten und Einpflanzen Aktion auf der Insel. Einen kleinen Teil davon war für Greg und seinen Vorgarten vorgesehen. Er hätte es begrüsst, wenn er keinen Garten mehr zu pflegen gäbe, aber seine Nichte wollte ihm bei den Arbeiten helfen und ihr Onkel hatte ihr versprochen Ihren „Geburtsbaum" den der Sturm weggerissen hat neu zu setzen. So gab sich Greg geschlagen und pflanzte an einem Nachmittag zusammen mit Maddie alle die Sträucher und Pflanzen, an die seine Schwester für ihn geordert hatte. Darunter ein Ahorn genauer gesagt ein Spitzahorn als Ersatz für Maddies Geburtsbaum. In der folgenden Zeit hatte Greg einige geschäftliche Notfälle zu erledigen, welche seinen Einsatz vor Ort benötigte. Somit war er des öfters auf dem Festland oder im Ausland unterwegs. In seiner Abwesenheit schaute ihm seine Schwester zu Haus und Garten. Mad der Vierbeiner war an diesen Tagen Familienhund bei den Swifts und dem Hund gefiel das, denn hier war immer was los mit den zwei Jungs und Maddie.

Die Zeit verging und Seya hatte mit Greg Kontakt aber der beschränkte sich auf Telefonanrufe und es blieb bei einzelnen Sprachnachrichten aufgrund der

Zeitverschiebung oder Mail Verkehr. Beide vergassen nicht, aber verdrängten, da keiner von ihnen wusste, ob er sich damit auseinandersetzen wollte wie eine Lösung oder eine Annäherung aussehen könnte. Es wurde Winter, die Feiertage folgten und es wurde Frühjahr ohne eine nennenswerte Änderung bei den beiden. Seya besuchte Ihren Grossvater weiter und vergrub sich in Ihrer Arbeit, obwohl Sie die Sehnsucht nach einem Menschen, wie Greg fast auffrass. Wie es so kam, war einer der Samstage angebrochen, an denen Sie sich fest vornahm, zu Hause zu bleiben, nicht zu arbeiten und dem süssen Nichtstun zu frönen. Sie spazierte am Morgen in den nahen Supermarkt kurz einkaufen und legte sich anschliessend auf die Liege an die warme Frühjahrs Sonne auf der Veranda. Nach einer Weile erhob Sie sich von dem Liegestuhl und drehte eine Runde durch den Garten. Auch einem Laien, wie sie es war, wurde innerhalb einer kurzen Umschau bewusst, dass am kommenden Wochenende Gartenarbeit angesagt ist. Sie schaute sich um notierte, was Sie nach ihrer Einschätzung benötigen wurde und gab Ihrem Bekannten, der ihr den Unterhalt im Garten bestreitet, durch was Sie benötigte. In der folgenden Woche stellte ihr Gärtner die Bestellung zu und Seya nahm am Wochenende die Arbeiten in Angriff. Die ganze Zeit zwischen der Entschlussfassung und der Ausführung der Gartenarbeit war warmes und angenehmes Wetter. Die Pflanzen wuchsen und spriessten, wie es kein Morgen gäbe. Seya freute sich aufgrund dieses Umstandes auf das Gartenwochenende. An besagtem Tag bewaffnet mit Gummistiefel und Arbeitshandschuhen macht sich Seya an die Arbeit und setzt Blumen, Büsche und Gewürzkräuter ein.

Säubert die Beete und Rabatten von restlichem Laub, das den Winter überdauert hatte und schmiss den Grünabfall auf den Kompost der Gemeinde. In einer Ecke des Gartens unmittelbar neben dem Abgang zu dem Bootssteg fiel Ihr ein Bäumchen auf, das kniehoch war und an einem kleinen Ast ein einzelnes Blatt trug. Sie war keine leidenschaftliche Gärtnerin, die alle die Namen und Bezeichnungen Ihre Pflanzen kannte. Aber sich war sich bei dieser sicher darüber, dass dies ein Ahorn war. Sie erinnerte sich nicht, je einen solchen Setzling gepflanzt zu haben, aber das bedeutete nichts. Angesichts daran, dass die letzten Jahre ihr Gärtner diese Arbeiten für Sie übernommen hatte, konnte es gut sein, dass er diese Pflanze für Sie eingesetzt hatte.

Sie war müde, als die Tätigkeiten draussen fertig und alle Gartengeräte im Schuppen verstaut waren. Sobald die Sonne weg war, wurde es empfindlich kühl und Sie war froh, dass Sie ihr Tagessoll geschafft hatte. Nach einer warmen Dusche und einem Essen verzogen sich die Katzen und Sie auf den Ohrensessel und schauten fern. Sie schlief vor dem Fernseher eine und erwachte erst gegen morgen mit Rückenschmerzen. Sie quälte sich aus dem Stuhl und hangelte sich am Geländer hoch in die obere Etage in ihr Bett. Sie schlief bis gegen acht Uhr morgens. Schlaftrunken und mit einem leichten Ziehen in der Lendengegend stieg sie die Treppe hinab, um sich einen Kaffee aufzubrühen und sich ein kleines Frühstück vorzubereiten. Nachdem Sie einigermassen wach war, stand der obligate Besuch bei Grossvater an, auf den Sie sich immer freute. Sie nahm sich für den Abend vor, Greg anzurufen und mit ihm wieder einmal zu plaudern. Sie vermisste ihn. Gesagt getan, nach dem Besuch bei ihm und dem Füttern der Katzen nahm Sie ihr Handy und rief Greg an. Am anderen Ende der Leitung meldete sich eine verschlafene oder besser gesagt verkatertes Gekrächze mit „Hallo." „Hey Greg ich bin's Seya!" Dauerte es eine gefühlte Ewigkeit, bis er sich stimmlich erholt hatte und mit einer vernünftigen Stimme meldete. „Hey Seya, schön dass du anrufst, schon lange nichts mehr von dir gehört?" Klang es aus dem Apparat. „Geht es dir Gut", kam die zögerliche Frage aus dem Handy? „Ja so einigermassen. Gestern hat ein Schulfreund von mir geheiratet und der Abend wurde etwas länger als gedacht." „Und deiner Stimme zu urteilen auch feuchter als angenommen," feixte sie ihn an. „Ja, ja das kann man wohl sagen." Pflichtete er Ihr bei. Das Gespräch dümpelte so vor sich her, sie sprachen über den Job, vom Wetter bis Seya nach der kleinen Nichte von Greg fragte. „Oh der geht es gut, ja danke. Sie war gerade letzte Woche im Hospital zur Kontrolle. Es ist alles im grünen Bereich." „Das freut mich, ich hoffe fest für Sie, dass es so bleibt." „Ja, wir auch," erwiderte er und fuhr weiter fort „Maddie kommt jetzt öfters rüber und kontrolliert Ihren Baum." „Ihren Baum?" Fragte Seya. „Ja, ich habe zur Geburt von Ihr im Garten einen Baum gepflanzt damit wir etwas haben, dass uns an Sie erinnert. Bei meiner Schwester im Garten stehen die beiden Bäume der Jungs und bei mir steht der Baum von Maddie." „Was ist das für ein Baum?" Kam es Seya wie aus der Pistole geschossen. „Was für eine Frage in Kanada? Na ein Ahorn, ein Spitzahorn." Sie liess das Mobil fallen, hastete zur Veranda Tür und schaute nach, ob ihre Entdeckung im Garten der

Ahorn noch steht. Ja er war es und das eine Blatt hing an dem kleinen Ast. Seya stürzte zurück an das Telefon und wählte erneut die Nummer von ihrem Kanadier. „So legt man aber seinen Freunden nicht auf," beschwerte er sich, als Sie ihm mit hektischer Stimme ins Wort fiel. „Hör mir zu, bitte," flehte Sie ihn an. Sie erzählte Greg, was Ihr heute im Garten aufgefallen ist, und bat ihn von seinem Ahorn sprich Maddies Baum, ein Foto zu knipsen und es ihr zu senden. Er versprach es Ihr und so beendeten Sie schnellstens das Gespräch, um auf die Aufnahme zu warten. Es dauerte nicht lange, da vermeldete das Handy von Seya einen Eingang. Sie stürzte sich auf den Apparat, öffnete das Foto und sah Ihren Baum vor sich. Gleiche Grösse mit demselben Ast und dem Blatt. Es war Ihr, als seien die beiden Pflanzen geklont worden so ähnlich sahen Sie sich. Jetzt war Ihnen klar, was das bedeutet. Sie hatten Ihre Antwort auf Ihre Fragen. Ihren Beweis.

Kapitel 4

Seit dem Telefonat mit Greg und der Feststellung mit dem Ahorn waren einige Wochen vergangen. Die Geschichte mit dem Baum hatte Seya aus der Bahn geworfen und in Ihr fand ein ewiges Auf und Ab statt. Wie ist mit diesem ultimativen Zeichen umzugehen? Keine Ahnung, keine Lösung in Sicht hilflos wie eine nackte Statue stand Sie da. Inzwischen war für sie klar, dass zwischen Himmel und Erde etwas geschieht, was man nicht für möglich hält und sich rational nicht erklären lässt. Sie war eine Zeit lang total überfordert und wieder einmal froh um Ihre Arbeit in die Sie sich stürzte und vor dem Alltag floh. Aber trotz allem, Sie musste sich diesem Umstand stellen, da ja in zwei Monaten der Kongress wieder stattfand und sie bis dahin mit Greg klar sein musste. Sie telefonierte öfters mit Lina Ihrer Schwester und Ihrer Mutter hatte sie schon weniger an der Strippe als zum jetzigen Zeitpunkt. Beide hörten sich ihre Sorgen an, wenn Sie abstrus tönten. Jede der Frauen redeten Ihr zu die Initiative zu ergreifen und etwas zu wagen. Aber beide hatten wenig Zeit für Seya da die Hofarbeit und die Arbeit mit den Kindern rief. So war Sie öfters mit Ihren beiden Katzen und sich in Gedanken alleine. Sie versuchte die Telefonate mit Greg auf ein Minimum zu beschränken, da es ihr fast das Herz zerriss, wenn Sie auflegte. Jeder auf dem ganzen Kontinent Erde hätte gemerkt, dass Liebeskummer die Droge war, die Seya zu schaffen machte und von der Sie nicht loskam. Aber keiner, und das war das Schreckliche, sagte ihr das.

Erneut lag sie gegen Mitternacht hellwach im Bett und studierte an den Ereignissen um Greg und um Sie herum. Sie vernahm durch das geöffnete Dachfenster das feine Rauschen des Wassers im Hafen, als das Telefon klingelte. „Hier ist Sørensen von er Residenz ihres Grossvaters. Wir transportierten ihn mit der Ambulanz ins Spital. Wir wissen nicht, was er hat, die Nachtwache hat ihn bleich und mit flachem Atem im Bett gefunden. Er liegt im Universitätsklinikum Ullevål, fahren sie bitte schnellstmöglich dorthin." Seya flitzte aus dem Bett, krallte sich ihre Klamotten, stürzte die Treppe hinunter, suchte Ihre Sachen zusammen, sprang ins Auto und brauste davon. Das Alles hast knappe zwei Minuten gedauert. Es herrschte wenig Verkehr für diese Zeit auf den Strassen und Seya war in einer halben Stunde auf dem Parkplatz des Universitätsspitals. Sie erkundigte sich nach Ihrem Grossvater, was los war und wo er war. Sie erhielt zur Auskunft, er sei im OP und werde operiert. Der Tag brach an, als ein Arzt auf Seya zukam und Ihr erklärte wie es um ihn stand. „Nun er hatte mächtiges Glück und eine gute Nachtwache. Er hatte einen kleinen Infarkt. Hätte man diese nicht bemerkt hätte dies fatale Auswirkungen gehabt. Mit grösster Sicherheit wäre er dann nicht mehr unter uns." Der Arzt wechselte noch einige Worte mit Seya und Sie durfte anschliessend kurz zu Grossvater. Er lag auf der Intensivstation angeschlossen an diversen Apparaten und schlief. Er trug einen Verband um den Kopf, der die Eingriffe der Ärzte abdeckten. Sie nahm seine Hand die sich kalt und feucht anfühlte, strich sanft über Stirn drückte ihm einen gehauchten Kuss auf die Wange und überliess ihn in der Obhut der Pflege. Auf dem

Nachhauseweg informierte Sie Ihre Mutter und Lina, was mit Grossvater geschehen ist und wie sein Zustand ist. Zu Hause angekommen nahm Sie eine Dusche, zog sich um und fuhr ins Büro. Nach der letzten Sitzung des Tages, räumte Sie den Schreibtisch auf und begab sich direkt zu Grossvater ins Spital. Auf dem Parkplatz des Klinikums traf Sie Ihre Mutter an. Sie hatte es eilig. Sie wechselten einige Worte, bevor Sie losmusste, die Stallarbeit rief. Uma konnte auf dem Hof nicht helfen, sie war verhindert. Und da Vater nicht alles alleine machen konnte, musste Mutter schnell zurück und in die Bresche springen „Schon gut Mama. Ich melde mich wenn etwas neues weiss." Versprach ihr Seya und liess ihre Mutter. Sie erkundigte sich bei der Pflegeleitung nach Ihrem Grossvater und seinem Zustand, Sie erhielt durchaus positive Nachricht. Wenn in den kommenden 24 Stunden keine Komplikationen auftreten, werde er am nächsten Tag auf die Station verlegt und einige Zeit später in die Residenz entlassen. So war es dann auch, eine Woche nach seinem Infarkt war er wieder in seiner gewohnten Umgebung. In seiner Altenwohnung. Durch diesen Vorfall mit ihrem Grossvater war einiges an Arbeit liegen geblieben oder nur teilweise erledigt worden. Das wollte Seya nun aufholen und machte sich an die Pendenzen. Sie arbeitete teils bis spät in die Nacht und es reichte nur für ein Telefonat mit Grossvater anstelle eines Besuches. Greg war im Moment fast nicht mehr präsent. Nach einigen Tagen hatte Seya ihren Arbeitsrückstand aufgeholt und das Tagesgeschäft lag wieder fest in ihrer Hand. Sie nahm sich die nötige Zeit und besuchte Ihren Grossvater. Sie wollte ihn überraschen und hatte im Voraus in die Residenz angerufen, dass Sie gerne mit ihm das Nachtessen in der Orangerie eingenommen hätte. Kein Problem war die Antwort und so machte Sie sich voller Vorfreude auf um mit ihm das Dinner einzunehmen. Das Essen war köstlich und Grossvater sichtlich erfreut, über die Idee mit seiner Enkelin gemeinsam das Nachtmahl zu geniessen.

Die Bedienung hatte das Dessert abgeräumt, der alte Mann holte ein bisschen Luft und fragte Seya direkt, wie sie sich nach den Vorkommnissen mit Greg gedenke zu verhalten. Es kam ein verlegener Seufzer aus dem Mund von seiner Enkelin und er kannte dies, es bedeutete so viel wie keine Ahnung. „Weisst du, was das Schlimmste ist, in einer Situation, in der man nicht mehr weiss, wo oben und unten ist?" „Nein, nicht direkt. Auf was willst du hinaus?" Fragte Sie ihn zögernd. „Nicht zu entscheiden!" Fiel er Ihr scharf ins Wort. „Mädchen ich sehe, doch wie du leidest, und glaub mir, ich hatte in der Klinik genug Zeit darüber nach zu denken. Über dich, den Indianer und eure Geschichten. Du wirst entscheiden müssen, ob du willst oder nicht. Ein Leben mit Greg, oder lass ich es bleiben." Lautet sein väterlicher Ratschlag, den er ihr mit auf den Weg gab. „Überleg es Dir und entscheide," forderte er Sie fast ultimativ auf. Sie schwiegen sich einige Zeit an, Seya verabschiedete sich gegen 21 Uhr von ihrem Grossvater und trat den Heimweg nach Hause an. Es war Donnerstagabend, morgen demzufolge Karfreitag und dann folgten die Ostertage. Anschliessend hatte Sie einige Tage frei, bis Sie wieder zur Arbeit musste. Sie dachte kurz darüber nach, ob Sie über diese Festtage zu Ihrer Schwester nach Tromsø fliegen soll, um Ihre beiden Nichten zu überraschen. Doch angesichts des Wetters liess Sie es bleiben.

Der ganze Karfreitag ging buchstäblich den Bach runter. Es regnete nur einmal und vor lauter Regen sah man kaum die Boote im Hafen, die ja nur einige Meter entfernt waren. Sie hatte alle Ihre Arbeitsunterlagen im Büro zurückgelassen. Die freien Tage wollte sie für sich persönlich nutzen, aber im Moment dachte Sie sich, dies sei ein Fehler gewesen, denn Ihr war langweilig und Sie wurde sich nicht klar, was Sie mit sich anfangen sollte. Die Gedanken an Grossvaters Worte nagten an Ihr und Sie wusste, dass er tief im Innersten recht hatte. Es war für Sie nicht die Zeit, um zu entscheiden. Sie vermisste Greg ja, aber ihn zu kurz zu haben, genügte das? Sie liess von dem Gedanken ab an ihn zu denken, sofern dies möglich war, und entschloss sich einige Zimtkringel zu backen, um die triste Stimmung mit etwa Süssem zu überstehen.

Kaum war das Gebäck aus dem Ofen, meinte Seya zu hören, dass ein Wagen zu Ihrem Haus vorgefahren ist. Sie schaute aus dem Fenster, als es an der Tür klingelt und Grossvater davorstand, eingehüllt in einen Regenmantel und breitkrempigen Filzhut. „Darf ich eintreten?" Fragte er die verdutzte Seya mit einem breiten Lächeln auf seinem Mund. „Natürlich komm herein. Gib mir die Jacke und setz dich in die Stube. Du kommst gerade richtig. Ich habe Zimtschnecken gebacken. Ich mach uns noch Kaffee dazu." Er hatte sich ins Wohnzimmer gesetzt und wartete, bis seine Enkelin ebenfalls Platz genommen hatte und sich beide eine Tasse Kaffe eingeschenkt hatte. „Du bist sicher erstaunt darüber, dass ich hier bei dir so unverhofft auftauche? Lass es mich bitte erklären. Das gestrige

Gespräch hat mich die ganze Nacht beschäftigt Ih glaube es fehlt noch ein kleiner Zusatz zu dem was ich dir gestern gesagt habe und zwar zu dem Thema entscheiden." Er lehnte sich nach vorn und schaute Seya in die Augen. „Als junger Offizier stand ich einst auf der Brücke und hielt Wache. Da kam ein Sturm auf. Es war bekannt, dass die See rauer wird, aber wir erwarteten den Strom erst gegen Morgen hin und nicht schon um Mitternacht. Ich war alleine und musste entscheiden. Wechseln wir den Kurs jetzt, dann riskiere ich damit eine verspätete Ankunft im Ziel, was für die Reederei nicht billig wäre. Oder bleiben wir hart am Wind und gehen volles Risiko in den Sturm mit der Aussicht den Zielhafen rechtzeitig zu erreichen aber das Schiff zu beschädigen und den Passagieren eine ungemütliche Nacht zu verschaffen. Ich war gezwungen zu" entscheiden, der Maschinenraum und alle Diensthabenden erwarteten meinen Befehl. Ich war gelähmt von der Aufgabe. Bis im Hintergrund mir reine Stimme ins Ohr flüsterte. „Gehen sie hart Backbord wir weichen dem Sturm aus." Wie unter Hypnose gab ich den Befehl an alle Beteiligten, bevor ich mich umdrehte, um zu sehen, wer mir zu dieser Einsicht verholfen hatte. Ich sah in die Augen des Kapitäns der im Trainingsanzug, frisch aus der Koje neben mir stand und nur sagte, „Manchmal muss man helfen die Schwelle der Entscheidung zu überwinden."

„Ich glaube nun ist es an der Zeit dir zu deinem Schritt über diese Schwelle zu verhelfen." Er griff in seine Jackentasche und zog einen Briefumschlag heraus, welchen er Ihr überreichte. Sie nahm das Papier an sich, öffnete es und hielt ein Flugticket in

der Hand für einen Flug Oslo- Vancouver und der
Passage mit der Fähre nach Vancouver Island. Seya
wurde es in diesem Moment schwarz vor den
Augen und Sie liess sich in den Sessel fallen. Ihr fuhr
es kalt und warm den Rücken runter. Nach einigen
Sekunden starrte Sie Grossvater an, stand auf,
umarmte ihn und fing an zu weinen. Sie durchfuhr
ein Gefühl, wie eine riesengrosse Last von Ihrem
Herzen fiel und es fühlte sich alles so leicht an. „So
nun aber Mädchen mach fix. Dein Flieger geht in ein
paar Stunden und ich denke nicht, dass du Ihn
wegen einem alten Mann wie mir verpassen solltest.
Grüss Greg von mir!" Mit diesen Worten zog er sich
seinen Mantel und Hut an und verliess das Haus.
Seya überkam zuerst ein kleiner Anflug von Panik
aber sie fing sich schnell auf, rannte Grossvater
hinterher und bedankte sich bei ihm mitten auf der
Strasse mit einem grossen Schmatzer auf die Wange.
Zurück im Haus schaute Sie auf das Ticket. Ihr
Flieger hob genau in vier Stunden ab. Sie musste
sich beeilen, hatte Sie doch auf den Flughafen eine
längere Fahrzeit einzurechnen und etwas vorher
sollte Sie das Gepäck aufgeben. Einchecken würde
Sie online auf der Fahrt mit dem Zug zum Airport
Gardermoen von Oslo. Das Nötigste gepackt.
Katzenfutter für eine Woche bereitgestellt, damit
Grossvater nicht lange suchen musste, wenn er die
beiden Fellknäuel fütterte. Ihren Telefonbeantworter
neu besprochen, Laptop in die Tasche gesteckt und
schon war Sie auf dem Weg nach Kanada zu Greg
und seiner Familie. Sie kam erstmals in der Lounge
auf dem Flughafen dazu, Luft zu holen und sich
einen klaren Kopf zu verschaffen. Doch mit dem
klaren Kopf war es so eine Sache, wenn die
Schmetterlinge im Bauch aus Liebe, Polka tanzten. Ja

erstmals gestand sie sich ein über all diese Zeit, sie liebte Greg, wenn Sie ihn nur flüchtig kennen gelernt hatte an diesen zwei Abenden an der Bar im Hotel in der Schweiz. Sie bestieg das Flugzeug mit der Gewissheit, in ein paar Stunden zumindest Greg wieder zu sehen und ihn hoffentlich für einige Momente in die Arme zu nehmen. Ihr Herz pochte und Sie hatte feuchte Hände, während die Maschine zur Startbahn rollte.

Seit dem Telefonat mit Seya und der Geschichte mit dem Ahorn war Greg von der Rolle. Unverständlich, denn er war ja derjenige, der einen eindeutigeren Beleg für seine Theorie wollte. Nun hatte er den Beweis, aber damit wusste er nichts anzufangen. Er kam sich vor wie die die kleine Maus vor der grossen Schlange, die ihn hypnotisierte, um verschlungen zu werden. Seine Zweifel an sich und Seya wurden einmal stärker und dann wieder schwächer. Er verspüret keinen Hunger mehr und die Kontakte zu Melia begrenzte er auf ein Minimum. Er entschuldigte dies mit einem grossen Anfall von Aufgaben. An Stelle der Arbeit zog er öfters mit Mad ab in die Wälder und zum Angeln, um vermeintlich die Gedanken zu vertreiben. Es klappte jedoch nicht, sein Gehirn liess sich nicht austricksen schon gar nicht, wenn er alleine unterwegs war. Also kehrte er die Vorgangsweise um und gab sich wieder vermehrt mit Melia, den beiden Jungs Clark und Silas sowie der kleine Maddie ab. Er besucht die Spiele der Lacrosse Jugend Liga und ging sogar zusammen mit Will an zwei auswärtige Partien nach Calgary und Edmonton mit. Welche die beiden Jungs für sich entschieden. Mit Kewi ging er öfters aus oder fuhr mit ihm an die Küste, angeln. Aber irgendetwas in ihm war anders, nicht so wie sonst. Er konnte nur nicht sagen was.

Wie fast jeden Abend sass Greg bei den Swifts am Tisch zum Abendessen. Es gab Karibu mit Kartoffeln und Gemüse. Dazu eine grosse Portion Salat und zum Abschluss Kürbiskuchen mit Sahne. Nach dem Essen schauten sich die Jungs zusammen mit ihrem Onkel und Vater Will die Zusammenfassung der Halbfinalspiele des Stanley Cups an, bevor die Jungmannschaft ins Bett verschwand. Als die drei Erwachsenen unter sich waren, brachte Melia den beiden Männern ein Bier, setzte sich in den Polstersessel und öffnete sich eine Dose. Sie prosteten sich zu, bevor jeder einen kräftigen Schluck nahm, und unterhielten sich über diverse Themen wie das Wetter der bevorstehende Markt in Gabriola und das Geburtstagsfest von Maddie. Will schaute während des Gespräches seinen Schwager an und fragte unverblümt. „Wie geht es dir Greg? Uns scheinst du in letzter Zeit ein bisschen neben den Schuhen zu stehen. Können wir dir helfen?" Greg schaute ihn erschrocken an. Nicht weil er von ihm angesprochen wurde, aber sein Schwager war, wie Kewi kein sehr kommunikativer Mensch und das er ihn so ansprach, erstaunte Greg aufs Erste. „Nein es ist nichts." Gab er von sich. „Respektive nichts von Bedeutung," versuchte er der Frage von ihm auszuweichen. „Auch Bedeutungsloses kann zu einer Last werden." Erwiderte Will während ihn seine Schwester mit strengem Blick musterte. „Greg," ermahnte Sie ihn auffordernd. „Du weisst wir sind deine Familie. Es gibt keine Unterschied zwischen unseren Problemen und deinen. Sie gehören an den Tisch und ausgesprochen. Bitte denke daran wir sind füreinander da. Man schafft nicht alles alleine." Gab Sie Greg zu bedenken. „Ich weiss das zu schätzen und glaubt mir, wenn etwas wäre oder ist, seid ihr die Ersten die davon erfahren." Mit diesen Worten verabschiedete sich Greg von den beiden und fuhr nach Hause. Melia und ihr Mann bleiben eine Weile sitzen, bevor er sich aus den Polstern erhob und sagte „Mit der Liebe das ist Imme so eine Sache!" Will, schaute Melia an und lächelte.

Am nächsten Morgen war Greg schon früh wach und das war perfekt so. Sein Postfach überquoll fast vor lauter Anfragen und Aufträgen und der Terminkalender war bis oben randvoll. Dies verschaffte ihm Abwechslung, die er momentan brauchte. Eines Morgens erhob er sich von seinem Sessel, um in der Küche etwas zu trinken. Dabei fiel sein Blick auf den Ahorn, von dem er wusste, dass es auf der Erde einen zweiten solchen gab. Beim Anblick des Bäumchens umklammerte eine eiserne Fessel sein Herz und er dachte, ab dem Druck müsste es zerspringen. Es schnürte ihm die Kehle zu und er wurde wütend auf sich. Er fluchte vor sich hin und beschimpfte sich auf das Übelste. Mad kannte sein sonst so ausgeglichenes Herrchen nicht mehr. Er zog seinen Schwanz zwischen die Beine, legte die Ohren an und schlurfte mit gesenktem Haupt in sein Körbchen. Als Greg ihn sah, tat es ihm leid und er hätte sich für seinen Wutausbruch über sich selbst ohrfeigen können. Er öffnete die Fenster, liess etwas frische Luft in die Räume und verzog sich mit einem Coke in das Büro in der oberen Etage.

Tags darauf war der Wocheneinkauf in Nanaio fällig und Greg fuhr mit seiner Schwester und Mad mit der Fähre in die Stadt. Sie wechselten kaum ein Wort miteinander und während Melia im Auto ihren Einkaufszettel studierte unterhielt sich Mad mit zwei Angestellten des Fährunternehmens. Es waren fast keine Fahrzeuge auf der Fähre und dies gab die Möglichkeit für eine kleine Unterhaltung. Mad sass neben Greg, während er sich mit den Männern unterhielt. Der Hund war nicht ohne Hintergedanke bei seinem Herrchen. Da der eine sein Pausenbrot ass und Mad auf einen kleinen Happen davon für sich erhoffte. Dies trat dann auch ein. Der Fährangestellte überliess Mad eine Scheibe Schinken aus dem Sandwich. Mad dankte es, in dem er den Happen in einem Bissen verschlang und sich zum Pick Up begab. Die drei lachten ab dem Verhalten des Hundes und machten sich auf den Weg zur Front der Fähre, da diese in einigen Minuten in Nanaimo Harbour anlegen würde.

Greg setzte Melia wie gewohnt vor dem Supermarkt ab und verzog sich in den grossen Laden mit Jagdutensilien. Er interessiere sich für ein neues Gewehr für die Karibu Jagd. Bevor er Melia abholte, absolvierte er wie gewohnt der Bäckerei einen Besuch, um die geliebten Donuts und die Croissants zu holen, anschliessend tankte er noch und lud rechtzeitig Melia auf. Sie fuhren zu Ihrer Mutter in das Altenheim und statteten Ihr den obligaten und herzlichen Besuch ab. Sie strahlte immer, wenn Sie ihre beiden Kinder sah. Gleich erging es Greg und seiner Schwester. Auch Sie freuten sich, jede Woche aufs Neue Ihre Mutter gesund zu sehen. In der

Zwischenzeit waren zwei weitere Familienmitglieder von Gregs Familie in das Altersheim eingezogen. Das eine war die ältere Schwester Ava von seiner Mutter, die aus dem entfernt gelegenen Cowichan Lake zu Ihr zog. Ihr Mann war erst vor kurzem gestorben und ihre Kinder lebten alle auf dem Festland und kamen nur selten nach Vancouver Island. Damit Sie nicht so einsam sei, liess Sie sich in Nanaimo zu Ihrer Schwester ins Altenheim bringen. Der andere neue Bewohner war Bill, ein Schwager seiner Mutter er lebte in Ladysmith etwas ausserhalb von der Stadt und arbeitet wie sein Vater in der Forstwirtschaft. Er war immer für einen Spass zu haben und wenn es ein Fest gab, war er mit seiner Violine und der Mundharmonika ein gern gesehener und gehörter Gast. Aus dieser Erweiterung der Bewohner ergaben sich automatisch nicht nur wöchentliche Besuche bei der Mutter, sondern es wurde mittlerweile daraus ein Familientreffen der älteren Generationen.

Die erweiterte Runde im Altersheim machte sich über die Donuts und Croissants her, waren die Augen der Mutter fast ausschliesslich auf Greg gerichtet. Sie beteiligte sich an dem Ansturm auf die Leckereien nicht, sondern nahm sich zurück und genoss es, die Gesellschaft insbesondere Ihren Sohn zu beobachten. Nicht unbemerkt bleib dies Melia, die sich neben Ihre Mutter setzte und Sie aus dem Mundwinkel fragte. „Nun was meinst du zu Greg?" Die alte Frau wartete einige Sekunden, bevor sie eine Antwort gab, und sagte nur. „Der Adler hat gefunden was er gesucht hat. Jetzt muss er nur noch landen." Sie schloss Ihre Augen für einen Moment, drehte den Kopf zu ihrer Tochter und lächelte, wie nur Sie es konnte. Einige Zeit später verabschiedete sich Melia und Greg von der Gesellschaft und fuhren nach Hause. Sie unterhielten sich über alte Geschichten mit den beiden neuen Bewohnern des Langhauses und lachten oft laut, wenn Ihnen ein Abenteuer mit Onkel Bill in den Sinn kam. Der immer für alles zu haben und liess keinen Streich aus ob mit den Jungen oder den Alten. Er war, ähnlich wie Greg in Gabriola, eine Identifikationsfigur für Ladysmith. Er war hilfsbereit und stets zu Diensten, wenn jemand Hilfe benötigte. Zu Hause angekommen, verstauten sie die Einkäufe in der Vorratskammer. Danach setzte sich Greg in den Wagen und fuhr nach Hause. Dort eingetroffen verzog er sich wieder in sein Büro an seine Arbeit.

Am nächsten Morgen, Greg hatte mies geschlafen, trat er vor das Haus und sah den Ahorn an, der hoffentlich einmal zu einem stattlichen Baum heranwachsen würde. Wieder überkam ihn das seltsame Gefühl. Ein Empfinden nach Leere, Rast- und Hilflosigkeit. Er wusste sich nicht zu helfen, war er krank? Hatte er Depressionen? Er erschrak, als Mad seine Hand leckte, den er Hund bemerkte Gregs Veränderung und wollte ihm helfen oder zumindest für ihn da sein. Er spürte das und streichelte ihn ausgiebig. In den nächsten Tagen schauten des öfters Kewi, Will und einige anderen Kollegen bei Greg vorbei um ihn zum Angeln oder auf die Jagd mitzunehmen. Doch Fehlanzeige er sagte allen ab, vertröstete Sie auf ein andermal. Sogar ein Lacrosse Spiel der Jungs liess er sausen und lümmelte dafür zu Hause auf dem Sofa rum. Quälte sich mit seinen Gedanken, sein Körper fühlte sich an wie eine einzig offene Wunde.

Unerwartet und urplötzlich stand eines Tages seine Schwester Melia in der Tür. Die Hände in die Hüften gestemmt und mit einem mehr als ärgerlichen Gesicht. Sie schritt auf Greg zu, der in der Küche beschäftigt war, riss ihm die Pfanne aus der Hand und schmiss Sie in die Spüle. „So mein Bruderherz!" Begann Sie in einem Ton, der an einen rasenden Büffel erinnerte. „Du kannst dich ja in Selbstmitleid und Selbstzerfleischung wälzen wie du willst. Mach das aber bitte am Abend, wenn dir keiner zu sieht. Hast du eigentlich das Gefühl, ich sei die Notauskunftsstelle für Greg den Notleidenden? Jedem dem du eine Absage erteilst kommt bei mir angerannt und fragt mich wie es meinem Bruder geht. Kewi, Barbara, Mark und weiss der Teufel nicht wer noch alles bei mir auf der Matte stand. Ich habe drei Kinder und ich möchte dich nicht als viertes dazu zählen. Klemm nun deinen Hintern zusammen und schau, dass die aus diesem Jammertal zurück findest in ein Leben der Normalbürger du Heulboje!" Sie war so verärgert über ihn, dass sich Ihre Stimme überschlug und sich kleine Schweissperlen auf er Stirn bildeten. Ohne seine Antwort oder Regung abzuwarten, knallte Melia die Haustüre hinter sich zu und brauste mit dem Wagen davon. Greg stand wie belämmert am gleichen Ort und Stelle, als Sie gekommen war. Mad hatte sich auf seinen Platz verdrückt und schaute ihn fragend an.

Die Familie Swift nahm wie immer das Abendessen ein. Der einzige Unterschied war, dass Greg nicht am Tisch sass und sein Stuhl wie ein Mahnmal am leer dastand. „Wo ist Onkel Greg?" Fragte Maddie verwundert und mit grossen Augen. „Ihm geht es nicht so gut," beschwichtigte Sie ihre Mutter und streichelte Ihren Arm. Es war eine aussergewöhnliche Stimmung am Tisch. Die Kinder verzogen sich in Ihre Zimmer und es wurde ruhig im Hause der Familie Swift. Melia setzte sich neben Will und fragte ihn, wie das mit Greg weitergeht. „Wenn der Prophet nicht zu Berg will, dann muss man ihn dazu zwingen." Antwortete Will und sah Melia an. Sie schaute ihn fragend an aber nach einigen Sekunden dämmerte es Ihr, was ihr Mann meinte. „Wie willst du das anstellen' Wir wissen nicht einmal wo Sie wohnt oder wie Sie heisst?" „Hhmm," grummelte Will und überlegte. Er stand auf, ging zur Tür in sein Auto und kam gleich darauf zurück. „Hier vielleicht kannst du etwas damit anfangen." „Was ist das," nahm den Zettel in die Hand und sah Will fragend an. „Als Greg in die Schweiz an den Kongress ging hinterliess er mir bei der Überfahrt die Adresse des Kongressortes. Darauf steht auch der Name des Organisators. Vielleicht findest du damit die Angaben der Herzensdame." Er drehte sich um und verzog sich in die obere Etage, um zu schlafen. Er hatte um nächsten Morgen Frühschicht auf der Fähre und musste früh raus. Melia war sich unschlüssig, was sie tun sollte. „Was wenn das Ganze Greg zu seiner Angebeteten zu schicken ein Rohrkrepierer war?" Sie überlegte nicht lange, setzte sich an den Computer und recherchierte.

Am Donnerstag vor Ostern war es so weit, die Familie Swift hatte die Adresse der Norwegerin erhalten und hatte sogar in Erfahrung gebracht, dass Seya nach Ostern einige Tage frei hatte. Das wäre ja ideal, dann könnten sich die beiden ja alle Zeit der Welt nehmen und Sie miteinander geniessen. Die ganze Familie war in das Vorhaben eingeweiht. Will kam gegen drei Uhr Nachmittag nach Hause. Anschliessend bestiegen die Swifts das Auto und fuhren ins Cove Inn. Greg hatten sie unter einem Vorwand dorthin eingeladen. Ebenfalls waren Kewi und einige andere Kollegen so rein zufällig dort. Dies sollte die Überraschung für ihn um einen Faktor erhöhen. Gegen vier Uhr kam die Familie in der Bar an, es waren bereits alle Freunde und Kollegen anwesend. Die Swifts betraten die Bar in einer Reihe. Zuvorderst die Jungs dann Melia mit Maddie an der Hand und Will machte den Schluss. Greg war mit Mark dem Polizisten im Gespräch und Kewi winkte Will zu sich. Barbi hinter dem Tresen sah perfekt aus und hatte ein Strahlen auf ihrem Gesicht wie ein Vollmond. Nach einer gewissen Zeit, als alle etwas bestellt hatten, erhob Will die Stimme. Da man ihn ja nicht als wortgewandten Zeitgenossen kannte, war blitzschnell Ruhe an der Theke. Die restlichen Gäste an den Tischen nahmen dieses Gebot der Stille ebenfalls an und verringerten Ihre Lautstärke auf Flüstern und schauten voller Erwartung zu Will. „Nun gut," begann er die Ansprache. „Einige die hier sind, wissen ja, dass jemand in dieser Runde schwer krank ist und unbedingt eine angemessene Behandlung braucht." Alle schauten sich erwartungsvoll an und starrten auf ihn „Es ist nicht immer einfach die richtige Medizin für jede Krankheit zu finden vor allem dann nicht, wenn der Kranke nicht sieht, wie er leidet und zugrunde geht." Greg schaute in die Runde und hatte keine Ahnung, was folgte. Alle Augenpaare waren auf ihn gerichtet und erwarteten voller Spannung was geschah. In diesem Moment stiess Melia ihre Tochter an und die Kleine lief feierlich, mit einem Briefumschlag den Sie mit beiden Händen vor sich trug zu Greg und drückte ihn ihm in die Hand. Verdutzt nahm er den Umschlag zu sich und fragte mit leiser Stimme in die Runde. „Für mich?" „Ja, für dich Greg alle die hier zusammen sind möchten heute einem guten Freund helfen sein Krankheit zu heilen und zu seiner Medizin zu gelangen." Ein Riesenapplaus ertönte gefolgt von Pfiffen wie nach einem Tor. Greg öffnete ungläubig dreinschauend, vorsichtig fast zaghaft das Geschenk und erfasste nicht, was er in Händen hielt. Es war ein Ticket für einen Flug von Vancouver nach Oslo. Greg schluckte leer und konnte die Tränen nicht zurückhalten. Er stand steif an der Theke, obwohl ihn jeder umarmte und ihm alles Gute wünschte. Erst mit der Zeit kam er wieder in die Gegenwart zurück und realisierte, was geschehen war. Er hielt das Ticket in der Hand wie ein Relikt und eine unsägliche Dankbarkeit überkam ihn. Er wollte etwas zu den Anwesenden sagen, aber die Worte erstickten in seinen Freudentränen. Er kam erst wieder zu sich, als er Melia umarmte und wusste, dass Sie für die Medizin verantwortlich war. Seine über alles geliebte Schwester. Bevor er sich ein weiteres Bier bestellte, bedankte er sich bei jedem der Anwesenden persönlich. Es gab die eine oder andere Runde bevor sich Greg als einer der Ersten verabschiedete. Er musste noch seine Utensilien packen, da er am Morgen schon zeitig auf die Fähre fuhr um den Flug nach Oslo zu erwischen. Als er gegangen war, standen die beiden Frauen Melia und Barbi beisammen. Barbi sah Greg mit wässrigen Augen hinterher und schluchzte, „ich hätte ihn damals auf dem College als wir zusammen waren behalten sollen." Melia ergriff ihren Arm und tätschelte Sie „Na wer weiss ob das gut gegangen wäre?" Und schaute Barbi lächelnd an.

Es war schon später Abend, Greg parkte den Pick Up, ging ins Haus und begann die Koffer zu packen. Es dauerte nicht lange. Das Meiste das er benötigen würde, lag griffbereit. Er dachte sich, ob er Seya anrufen sollte damit Sie informiert war, aber in diesem Moment hielt Will vor dem Haus und holte Mad ab. Anschliessend verzog sich Greg mit einem pochenden Herzen ins Bett. Vor lauter Vorfreude auf den morgigen Tag war nicht an Nachtruhe zu denken. Er sprühte über voller Glückshormone und war zu aufgeregt, als das er nur eine Mütze Schlaf bekam. Am Morgen sprang Greg aus dem Bett, nahm eine Dusche, zog sich seine Klamotten über und raste Richtung Descanso Bay davon, um die erste Fähre zu erreichen. Sein Flug hob gegen Mittag ab und es blieb Greg genügend Zeit auf dem Airport sich per Internet schlauzumachen wie er am Zielort am schnellsten und sichersten zu Seyas Haus fand. Auf der Anzeigetafel im Terminal erschien bei seinem Flug die Aufforderung „Go to Gate" er erhob sich langsam und schlenderte zu dem angegebenen Ausgang. Als das Flugzeug in Richtung Toronto zum Zwischenstopp abhob, schlief Greg tief und fest.

Kapitel 5

Seya fiel es schwer, ruhig zu sitzen. Der Flug nach Amsterdam kam Ihr vor, als wäre sie schon zweimal um den Erdball geflogen. Sie hatte auf dem Flughafen nur kurz Zeit, um den Anschlussflug nach Vancouver zu erreichen. Sie hatte im Sinn, Greg anrufen, dass Sie auf dem Weg zu ihm sei. In der Hektik vergass Sie dies. Es wird Ihr erst bewusst, in der Luft Richtung Gregs Heimat. Der Flug nach Kanada war völlig entspannt und Seya döste sogar ein bisschen und freute sich, als Sie im Landeanflug waren. Ihr Herz pochte, während Sie mit dem Skytrain vom Flughafen Vancouver zum Fährterminal fuhr und die Fähre nach Nanaimo Harbour bestieg. Im Ankunftshafen angekommen lief Sie zum Pier, an der die Fähren nach Gabriola anliefen. Beim Betreten des Schiffes wies Sie ihr Ticket vor und begab sich in den Fahrgastraum im Oberdeck. Einer der Angestellte, der den Fahrschein kontrolliert hatte, hetzte durch den Raum zur Brücke und kurz darauf legte die Fähre ab zur 20-minütigen Überfahrt. Seya war es entgangen, dass der Fährmitarbeiter der auf die Kommandoebene hastete, Sie etwas genauer musterte als andere Passagiere. Vielleicht weil er Sie noch nie auf diesem Schiff gesehen hatte oder aber Sie einfach eine hübsche Frau ist. Die Fähre legte auf Gabriola Island an, da war die Abend Dämmerung am Hereinbrechen und es wehte ein kühler Wind. Seya suchte sich ein Taxi, fand aber keines und schaute sich nach einer Transportmöglichkeit um. Sie kam in Zweifel, ob sie je von diesem Kai runterkomme, da hielt ein Wagen neben Ihr an. „Suchen sie etwas bestimmtes? Ich habe Sie hier noch nie gesehen?" Wurde sie gefragt. Seya erkannte den Angestellten der Fähre wieder, in einem etwas zerbeulten, alten Pick Up. Die Farbe des Gefährts war zu früheren Zeiten grün, momentan herrscht aber der Rost vor. „Kommen Sie, steigen Sie ein bevor Sie erfrieren," bot er ihr an und lehnte sich auf den Beifahrersitz, um die Tür zu öffnen. Diese liess sich aus Altersgründen nur schwer bewegen. Sie fuhren los und nach einer gewissen Zeit auf der Landstrasse fragte der Fahrer die Mitfahrerin. „Wohin müssen Sie? Die Adresse lautet Malaspina Drive 10." kaum hatte sie die Anschrift ausgesprochen, vollzog der Fahrer eine Vollbremsung, als ob eine Herde Elche den Weg versperrten. Um Haaresbreite hätte es die beiden in den Strassengraben geschleudert. Als der Wagen stand und die diversen leeren Kaffee Becher und sonstige Sandwich Verpackungen sich im Fahrerhaus neu verteilt hatten, fragte der Fahrer nur „Zu Greg?" „Ja, zu Greg," kam es fragend aus dem Mund von Seya. „Scheisse," entfuhr es Will. Er fuhr weiter, ohne seiner Beifahrerin irgendein Wort zu sagen. Sie hatte sich bei der Vollbremsung das Knie am Handschuhfach gestossen und das schmerzte. Was für ein Idiot dachte sie und strich sich einige lockigen Strähnen aus dem Gesicht. Als sie den Fahrer fragend ansprach, „können Sie mir bitte sagen, was Sie mit Scheisse gemeint haben?" Er erwiderte nichts und schaute stur geradeaus auf die Strasse. Seya wurde es mulmig im Bauch und sie bereute es, dass Sie sich im Studium nicht für die Ausbildung „Selbstverteidigung für die Frau" eingeschrieben hatte. „Ich glaube Greg ist nicht zu Hause aber ich kläre das zuerst ab." Kaum hatte er fertig gesprochen, fuhr er vor einem gepflegten, älteren Anwesen vor. Als er ausgestiegen war, sprang ihm ein Mädchen entgegen und schaute erstaunt die Frau an, die neben Ihrem Vater aus dem Wagen stieg. „Pa, wer ist das?" „Ein Kurzbesuch, wahrscheinlich," wobei er das letzte Wort zu sich selber murmelte. Auf der Veranda angekommen, trat aus der Türe eine mittelgrosse, rundliche Frau mit freundlichen Gesichtszügen. Man Sie ihr an, dass Sie eine First Nation war. Ihre Mimik und Ihren Ausdruck erinnerte Seya an Greg. „Hallo zusammen. Wenn bringst denn du da mit?" Fragte die Frau Ihren Fahrer. „Lass uns ins Haus gehen," „Kommen Sie" wurde Seya aufgefordert und Sie traten ein. Auf den ersten Eindruck wirkte es auf den Gast grosszügiger, als es von aussen erahnen liess. „Kommen Sie, nehmen Sie Platz," sagte Melia und bot ihr einen Stuhl an. Sie setzte sich an die Längsseite des Tisches, oben nahm Will der Fahrer Platz. „Möchten Sie einen Kaffe oder Tee? Ein Glas Wasser bitte," antwortete der Gast. „Bring ihr einen doppelten Whisky, wenn Sie die Person ist, die ich denke!" Grummelte Will in seinen Schnauzer. Seya hatte keine Zeit, ihn anzuschauen oder zu fragen, da Sie neben sich eine feuchte Hundeschnauze wahrnahm. Sie drehte sich um und sah den Golden Retriever aus ihrem Garten vor sich, der an ihr schnupperte und Sie begutachtete wie alles, was neu in seiner Umgebung kam. In der Zwischenzeit hatte Melia gegenüber von Seya Platz genommen mit der Kleinen Maddie auf dem Schoss. „Nun begann Will," zu der Frau gewandt. „Lassen Sie mich raten. Sie wollen zu Greg, kommen aus Europa genauer gesagt aus Norwegen und heissen Seya, stimmt's." Völlig verdattert und überrascht schaute Sie Will und Melia an die ebenfalls vor lauter Staunen den Mund nicht mehr zu brachte und die hellbraune Gesichtsfarbe einer Leichenblässe wich. „Was geht hier vor?" Sinnierte die Gastgeberin einige Zeit vor sich hin. Nach einer gewissen Dauer kam ein zögerliches „Ja," der Frau über die Lippen. Will lachte laut auf, griff sich an den Kopf und wäre fast vom Stuhl gefallen. Als sich alle erholt hatten von dem Schock, klärte Melia die verdutzt drein-schauende Seya auf. Die Norwegerin vermochte im ersten Moment nicht zu fassen, was geschehen war. Sie auf Besuch bei Ihrer möglicherweise grossen Liebe in Kanada tausende Kilometer von zu daheim weg und er Greg in entgegen gesetzter Richtung stand in Oslo vor Ihrem Haus bei verschlossener Tür. Sie lachte auf das Erste laut, welches dann langsam in ein tiefes Schluchzen überging. Maddie rutschte von Mutters schoss, ging zu Seya hin und nahm Ihre Hand. „Nicht traurig sein. Onkel Greg wird bald wieder bei uns sein und dann Können wir gemeinsam Wiedersehen feiern." Sagte sie mit ihrer unschuldigen Stimme und sah Seya tief in die Augen. „Bleibt Sie bei uns?" Schaute die Kleine in Richtung ihrer Mutter. „Na klar, heute wird Sie wohl nirgends mehr hinkommen. Sicher nicht nach Norwegen." Sagte Will mit einem breiten Lächeln im Gesicht. Seya protestierte und wollte sich für ein Motel umschauen. „Bitte," schaute Sie Maddie mit ihrem Hundeblick an. Sie nickte und bedankte sich und gab der Aufforderung nach. „Versuche einmal Greg an seinem Handy zu erreichen," fordert Will seine Frau auf. Sie wählte die Nummer, er meldete sich nicht. Seya versuchte es weitere zwei- dreimal, kein Zeichen von Greg.

Das Umsteigen in Toronto auf den Flug nach Frankfurt war nichts Neues für Greg und er kannte den Weg zum Gate auswendig. Dieser Flug war für ihn kein Problem. Er konnte zwar nicht schlafen aber er vertreib sich die Zeit damit, Replik zu halten über die Vorkommnisse des vergangenen Jahres bis zum heutigen Zeitpunkt und versuchte sich auszumalen, wie die Zukunft mit Seya aussehen würde. Als Greg in Oslo ankam, war es früh am Morgen sieben Uhr. Bis er sein Gepäck hatte und sich erkundigt hatte, wie er am besten an den Bestimmungsort kam, verging abermals Zeit, die er lieber mit Seya verbracht hätte. Er bestieg den Zug bis zur Zentralstation im Herzen von Oslo. Er nahm die Linie 31 bis zur Station Bruksveien, wie ihm empfohlen worden war. Von dort aus fraget er sich nach der Adresse durch und stand in kürzester Zeit vor Seyas Haus. Er hielt einen Moment inne und schaute sich das pittoreske Anwesen von aussen an. Er hatte Lampenfieber, wie er so dastand, und das Haus betrachtete nach dem Motto, was wäre, wenn. Aber nichts da, Greg packte den Stier bei den Hörnern, strebt auf das Eingangstor zu und öffnete, als ein grauhaariger Mann auf der Gegenseite ebenfalls im Tor stand und ihn verdutzt ansah. Beiden wurde bewusst, Sie hatten sich schon einmal gesehen. Greg im Altenheim bei seiner Mutter und auf einem Foto das Seya ihm gezeigt hatte. „Wen suchen Sie?" Fragte der alte Mann zuerst in Norwegisch anschliessend in perfektem Englisch. Verdutzt antwortete Greg „Sie sind der Grossvater von Seya ist das richtig'" „Genau," sagte der Angesprochene und erwiderte „und Sie müssen Greg sein, Greg aus Kanada," der alte Mann wirkte überrascht und enttäuscht zugleich. „Ja, das bin ich." Mit einem Nicken forderte Grossvater ihn, auf ihm in das Haus zu folgen. Greg schaute ganz kurz auf sein Natel und sah, dass der Akku leer war. Er betrat zusammen mit dem Herrn Seyas daheim. Kaum drinnen kamen die beiden Katzen auf ihn zu und beschnupperten ihn. „Nun gut setzen Sie sich, wollen Sie einen Kaffe?" Fragte Grossvater. „Ja gerne, aber eigentlich wollte ich lieber wissen wo Seya ist." Der alte Mann drehte sich um und antwortete trocken, „In Kanada. Genauer gesagt bei Ihnen wahrscheinlich vor der Haustür mit dem gleich verdutzten Ausdruck auf dem Gesicht wie sie jetzt an diesem Tisch sitzen." Greg wurde bleich und für einen Moment drehte sich alles um ihn. „War das ein Witz der schlechten Sorte oder was," sagte er zu dem Sitznachbar. „Nein, der schlechte Witz bin ich, so wahr ich hier sitze." Erwiderte der alte Mann und schüttelte den Kopf mehrmals ungläubig hin und her. Nach einer Weile erzählte Grossvater Greg in kurzen Zügen, was sich abgespielt hatte und wie es dazu kam, dass Seya jetzt in Kanada war und nicht in Oslo. In der Zwischenzeit war der Akku wieder geladen und Greg sah die unzähligen Anrufe von Seya, Melia und sogar Will hatte einige Male versucht, ihn zu erreichen. Er wählte die Nummer von Seya und als Sie abhob, lachten beide über die ganze Story. Greg brach das Telefonat rasch ab, denn er wollte so schnellstens zurück. Dies erschien im einfacher und sinnvoller von Oslo nach Kanada zu fliegen als umgekehrt. Er checkte die nächsten Flüge ab. In zwei Stunden gab es eine Möglichkeit zurück über Frankfurt, von da an schaue er dann weiter, überlegte er sich. Er erklärte Grossvater sein Vorhaben, dieser schaute ihn an und sagte zu ihm.

„Wir nehmen und jetzt ein Taxi auf den Flughafen und auf der Fahrt dorthin lasse ich mal meine Beziehungen spielen damit Du so schnell als möglich nach Hause kommst." Bevor sie jedoch das Anwesen verliessen, fragte Greg, ob er noch einen Blick in den Garten werfen dürfte. „Ja klar, aber rasch ich denke wir müssen uns beeilen." Greg schritt zu der grossen Schiebetüre, zog die Gardinen beiseite, öffnete die Türe und sah den Ahorn in der Ecke der Rabatte stehen. Genau der gleiche Baum wuchs bei ihm im Garten. Als die beiden im Taxi sassen, nahm der alte Herr sein Handy aus der Jackentasche und tätigte einige Telefonate. Dabei fiel ihm die Anstecknadel auf am Revers der Jacke und die Hornbrille auf der Nase auf. Greg verstand kein Wort der auf Norwegisch geführten Telefongespräche. Nach den Telefonaten sassen die beiden für den Rest der Fahrt schweigend nebeneinander. Als Sie sich dem Flughafen näherten, legte der Grossvater Greg seine Hand auf den arm und sagte zu ihm. „Die Tickets liegen am Schalter der SAS Fluggesellschaft zum Abholen bereit. Wenn alles gut geht, bist du morgen Mittag Ortszeit wieder in Vancouver. Es hat mich gefreut, dich kennen zu lernen, und hoffe auf eine Wiederholung deines Besuches aber das nächste Mal mit längerer Aufenthaltsdauer." Lachte der Alte und liess Greg aus dem Wagen aussteigen. Er konnte nichts anderes erwidern als ein „Danke, für Alles." Dann verschwand er in der Abflughalle.

Greg sass in der gleichen Maschine, mit der er gekommen war. Das Einzige, was gewechselt hatte, war die Crew und er nahm in der Businessklasse zwei Reihen weiter vorne Platz als bei seinem

Hinflug. Während des Fluges erwachte er aus dem traumartigen Zustand, in dem er sich befunden hatte, seit er bei Seya vor dem Haus gestanden war und ihrem Grossvater begegnet ist. Er hatte kurz vor dem Abflug Melia telefonisch über sein Vorhaben informiert und seine ungefähre Ankunft bekannt gegeben. „Ich denke das ist die Einzige Art, die möglich ist euch zu sehen, denn deine Nichte hat Maddie in der Zwischenzeit so in Beschlag genommen, dass ein Fortkommen von hier ohne dich nicht möglich ist." Lachte Melia in den Hörer und forderte ihn auf, sich bei einem der Zwischenhalte erneut zu melden.

Greg war erleichtert, dass nun hoffentlich alles zu einem guten Ende kam, und erinnerte sich an Seyas Grossvater und an die Begegnung im Altenheim bei seiner Mutter. Der Adler ist im Anflug, sagte Greg zu sich und ihm kamen dabei die Worte seiner Mutter in den Sinn. Der Umstieg in Frankfurt verlief reibungslos und Greg tätigte einen Anruf, wie er versprochen hatte. Nicht an seine Schwester Melia, sondern direkt an Seya. Sie meldete sich, und wurde es warm ums Herz, als er Ihre Stimme vernahm. Er wischte sich mit dem Handrücken eine Freudenträne aus dem Augenwinkel. Sie erzählte ihm in kurzen Zügen, dass Sie sich wohl fühle bei seiner Familie und Sie von allen in Beschlag genommen wurde. Besonders von Mad, Gregs treuem Begleiter und Maddie, die nicht mehr von Ihr abliessen. Als die beiden das Gespräch beendeten, war er beim Gate angekommen und stieg ein. Den Flug nach Vancouver verbrachte Greg im Schlaf, wie es bei ihm üblich war. Bevor er einschlief, kreisten seine Gedanken um Grossvater und seine

Begegnung im Langhaus bei seiner Mutter in Nanaimo. Bei der Ankunft in Vancouver hastete er rasch möglichst zu seinem Pick Up mit dem Wissen in fünf Stunden bei Seya zu sein. Die Überfahrt mit der Fähre kam ihm vor wie eine Ewigkeit und zurück. Erst als er ab dem Schiff fuhr und sich in die Kolonne für die Fahrt nach Gabriola einreihte, war es ihm bewusst, dass er es geschafft hatte und dort drüben auf der Insel hoffentlich sein Glück wartete.

Greg rief von Vancouver seine Schwester an, dass er gelandet sei und in Richtung Anlegestelle Tsawwassen unterwegs sei, Sie schritt nach draussen und holte Seya mit sich ins Haus. Sie packten die Sachen von ihr und Melia nahm einige Vorräte aus der Kammer und luden alles in Ihr Auto zusammen mit Maddie und Mad. „Wir gehen zu Greg und bereiten dies für seine Ankunft vor." Liess Melia ihren Mann und die Jungs wissen. Beim Haus angekommen, sprang Mad sofort von der Ladebrücke und verschwand hinter der Scheune und die drei Frauen trugen die Sachen in die Küche. Seya betrat das Haus neugierig und mit etwas ehrfürchtigem Staunen. Ihr fielen sofort die Offenheit und die Grosszügigkeit der Räume auf. Der Blick auf die Bay war einmalig und fantastisch. Maddie nahm Sie bei der Hand und führte Sie im Haus umher. Sie zeigte Ihr alles. Melia verstaute die mitgebrachten Lebensmittel und öffnete einige Fenster um, frische Luft in das Innere zu lassen. Man hörte das Rauschen der Brandung, die an der Klippe aufschlug. Melia rief Maddie, sie wurden von den Jungs und Will zurückerwartet. Seya wartete im Haus auf ihre vermeintliche Liebe. „Kommst Du wieder zu uns?" Fragte Maddie ihre neue Freundin.

„Kommst du dann mit Greg?" Kam die zweite Frage ohne auf die Beantwortung der ersten Bitte zu warten. „Ja, wenn ich darf." Sagte Seya und schaute dabei Melia an. Sie nickte. Die beiden verliessen das Haus. Maddie winkt ihr zum Abschied. Die Schlussleuchten des Autos verschwanden in der Ferne und Seya bemerkte erst jetzt, dass Mad neben Ihr hockte und ebenfalls dem Auto nachschaute. Sie schlenderten beide ins Haus zurück, da ein empfindlich kühler Wind blies.

Die Fähre legte in Gabriola an und Greg raste direkt in sein Haus. Will hatte ihn angerufen und ihm gesagt, dass Seya dort auf ihn wartete. Er fuhr so schnell, wie er konnte, wurde aber langsamer, je näher sich seinem Haus näherte. Ihn überkam eine Art Panik vor dem Moment, an dem er ihr gegenüberstand. Was sagte er? War zur Begrüssung ein Handschlag die richtige Art? Oder war es die Umarmung? Was war die angebrachte Geste? Er wurde ärgerlich auf sich selber, dass er während des Fluges keinen Gedanken an die Begrüssung verloren hatte. Aber es war zu spät. Er hatte, seinen Wagen vor dem Haus angehalten und betrachtete das Anwesen. In einigen Fenstern brannte, das Licht und er verspürte, dass dahinter jemand auf ihn wartete und ihn sehnlichst vermisste. Er wurde jäh aus seinem Traum gerissen, als Mad an der Autotür hochsprang, bellte und ihn begrüsste. Er stieg, aus nahm seinen Hund in die Arme, der sich riesig freute, dass er sein Herrchen wieder zurückhatte. Die beiden bemerkten in Ihrem Begrüssungszeremoniell nicht, dass Seya in der Tür stand und den zweien zuschaute. Erst als Mad abliess und zu Ihr sprang erkannte Greg in der Tür die Umrisse Ihrer Person. Er wollte auf Sie zu gehen, aber es wurde ein Rennen daraus und alle Gedanken von vorhin bezüglich Begrüssung waren vergessen, als er Seya in seinen Armen hielt. Sie umarmte ihn ebenfalls innig und war sich in diesem Moment sicher, dass Sie nie mehr loslassen werde. Das schwor Sie sich!

Kapitel 6

Der nächste Morgen brach an. Die Sonne schien, als ob Sie das Wiedersehen von Greg und Seya speziell zu feicrn gedachte. Die beiden sassen am Tisch und schauten durch das Fenster nach draussen auf die Bay. Es war zu kühl, um auf der Veranda zu essen, aber Ihnen reichte der Blick aus dem Wohnzimmer. Im Verlaufe des Gesprächs schlug Greg vor, im Anschluss bei den Swifts vorbeizuschauen und sich nach seinem „Europa Trip" bei Ihnen physisch zurückzumelden. Maddie würde sicher schon die Familie nerven mit dem ewigen Gefrage „Wann kommt Onkel Greg und Seya?" Kaum gesagt meldete sich das Mobile von ihm. Am anderen Ende war Melia und gestand Ihrem Bruder, wenn er mit Seya nicht in nächster Zeit bei Ihnen auftauchen, dann könne Sie für das Überleben und die Sicherheit von Maddie nicht mehr garantieren. Greg lächelte und beruhigte seine Schwester, dass Sie beide schon auf dem Weg zu Ihnen waren. Kurz darauf bogen sie auf den Vorplatz ein und Maddie stürzte den zweien entgegen. Sie sprang an Greg hoch, drückte ihm einen Kuss auf die Wange und umarmte ihn mit aller Kraft, die sie aus ihren feinen Armen hervorbrachte. Kaum liess Sie los und hatte wieder festen Boden unter den Füssen, rannte Sie zu Seya und wiederholte bei ihr dasselbe Ritual. Sie traten ins Haus ein, alle kamen zu Greg und begrüssten ihn. Speziell seine Schwester umarmte er herzlich und innig. Als die Mitglieder der Familie Swift anwesend waren, beschloss man sich, im Cove Inn zur Feier des Tages einen Drink zu genehmigen. Bei dem Lokal angekommen schauten die meisten der

Gäste komisch, dass Greg im Cove Inn ist und nicht in Europa bei Seya. Stattdessen bringt er eine attraktive und fremde Frau mit in die Stammkneipe. Um die fragenden Gesichter der Anwesenden zu entspannen erzählte Greg in Kurzform, was in den letzten zwei Tagen geschehen ist. Die meisten schauten ihn ungläubig an und schmunzelten aber das alles löste sich in Freude auf, als Barbara zur Feier von Greg und der Norwegerin eine Lokalrunde schmiss. Die spontane kleine Freudenfeier war voll im Gang, da zogen sich Melia und die Besitzerin des Restaurants an einen Tisch zurück und streckten die Köpfe zu einem Gespräch unter Frauen zusammen. Melia gab Barbi bereitwillig Auskunft über jede Frage, die Sie zu der Neuen an Gregs Seite stellte. Fazit des kurzen Austausches war, dass Seya nach Melia das Herz auf dem richtigen Fleck hat und für Greg eine sicher gute Wahl ist. Barbi verzog sich beruhigt zurück an die Theke und schenkte Biere aus und Swifts Kindern eine grosse Cola. Auf dem Nachhauseweg hielt die ganze Schar bei den ihnen an. Will schmiss trotz kühler Temperaturen den Grill an und legte einige Karibu Steaks und Würste darauf. Seya half Melia in der Küche und die Herren sprachen bei einem Bier über die letzten Eishockey Resultate und die kommende Lacrosse-Saison der beiden Jungs. „Du weisst," sagte Will, ich bin kein Mann der grossen Worte, aber ich wünsche dir und Seya alles Glück der Erde. So wie ich es mit Melia habe." Und klopfte ihm dabei auf die Schulter. Greg nickte zu ihm „Danke ich weiss das sehr zu schätzen. Nun liegt es an uns." Drehte sich um und holte in der Küche für Sie beide ein weiteres Bier.

Am nächsten Morgen, Greg war zeitig wach, sein doppelter Jet Lag zeigte seine Auswirkungen, spazierte er zuerst mit Mad an die Küste und sah der ersten Fähre des Tages zu, wie Sie Nanaimo verliess. Zurück im Haus braute er sich einen Kaffe und bemerkte wie die Dusche im oberen Stock benutzt wurde. Er gab dem Hund sein Futter und schmiss einige Pan Cake in die Pfanne. Seya kam in diesem Moment die Treppe herunter und drückte Greg einen Kuss auf den Mund und frühstückten. Als das gemeinsame Essen beendet war, schnappten sich die beiden Jacke und Schuhe liefen zum Wagen und fuhren Richtung Fähre davon. Sie besuchten Gregs Mutter. Wie üblich hielt Greg in Nanaimo schnell vor der Bäckerei und besorgte die Donuts und Croissants für die Alten. In der Anlage angekommen staunte Seya ob des eigenartigen Gebäudes. Nicht weil Sie diese Art eines Hauses nicht gekannt hätte nein, aber die wundervollen Schnitzereien und der schönen Malereien wegen. Kaum waren die beiden eingetreten, kam Onkel Bill und Tante Ava auf Sie zu und begrüssten die zwei herzlich. Greg und Seya gingen weiter in dem Langhaus und sahen an einem Tisch die Mutter. Seya wusste, ohne hinzuschauen, wer Sie war. Die Frau aus der Altersresidenz von Grossvater. Dies war Gregs Mutter ebenfalls bewusst und sie lächelte nur, als die beiden vor Ihr standen. Sie nahm Seyas Hand in die Ihre, strich ihr über den Arm und wusste, dass dies das Ende der Suche von Greg war. Tief im Innersten dankte Sie Ihren Vorfahren und Göttern für diese Fügung.